grafit

Chemnitzer Str. 31, D-44139 Dortmund
Internet: http://www.grafit.de
E-Mail: info@grafit.de

Umschlagillustration: Peter Bucker
Druck und Bindearbeiten: Elsnerdruck GmbH, Berlin
ISBN 3-89425-272-3
5. / 2004 2003

Jürgen Kehrer

Wilsberg und der tote Professor

Kriminalroman

grafit

Der Autor

Jürgen Kehrer wurde 1956 geboren. Er lebt und arbeitet als Schriftsteller in Münster. Dort lässt er auch seine Figur, den Privatschnüffler Georg Wilsberg, ermitteln. Derzeit handeln vierzehn Kehrer-Krimis von dem Detektiv: *Und die Toten läßt man ruhen* (1990; vom ZDF verfilmt), *In alter Freundschaft* (1991; vom ZDF verfilmt), *Gottesgemüse* (1992), *Kein Fall für Wilsberg* (1993), *Wilsberg und die Wiedertäufer* (1994), *Schuß und Gegenschuß* (1995), *Bären und Bullen* (1996), *Das Kappenstein-Projekt* (1997; vom ZDF verfilmt), *Das Schapdetten-Virus* (1997), *Irgendwo da draußen* (1998), *Der Minister und das Mädchen* (1998), *Wilsberg und die Schloss-Vandalen* (2000), *Wilsberg isst vietnamesisch* (2001) und *Wilsberg und der tote Professor* (2002).

Außerdem schrieb Jürgen Kehrer die Kriminalromane *Spinozas Rache* (Grafit 1995) und *Vorbildliche Morde* (Grafit 1999) sowie Sachbücher über realen Mord und Totschlag in Münster vom 16. bis zum 20. Jahrhundert *(Mord in Münster; Schande von Münster)* und die historischen Kriminalromane *Tod im Friedenssaal, Das Geheimnis der Tulpenzwiebel, Mord im Dom* und *Der Kaufmann und die Tempelritter* (die letzten sechs Titel: Waxmann Verlag, Münster).

Georg Wilsberg ermittelt auch regelmäßig im Fernsehen: Das ZDF verfilmte bisher acht Wilsberg-Stoffe, darunter drei Romane. Verkörpert wird der Detektiv von Leonard Lansink.

Die Geister, um die es mir am meisten Leid tat, waren nicht die toten.

Jonathan Lethem

Dies ist ein Roman. Wer sich mit einer der erfundenen Figuren identifizieren möchte, sollte sein Selbstbild überprüfen.

I

Ich mochte Professor Günter Kaiser nicht. Dabei kannte ich ihn nicht einmal. Ich beobachtete ihn aus rund fünfzig Metern Entfernung, auf dem kleinen Monitor meiner Digitalkamera. Von dem Gebäude des Aegidiimarktes, in dessen Treppenflur ich stand, hatte ich einen guten Einblick in Kaisers Zimmer auf der anderen Seite der Johannisstraße.

Kaiser war Professor für Sprachwissenschaft am Philologischen Fachbereich der Westfälischen Wilhelms-Universität. Außerdem betatschte er gerne Frauen. Drei Stunden hatte ich im Treppenhaus zugebracht, und im Moment fotografierte ich bereits seinen zweiten Versuch, dieser Neigung nachzugehen.

Die erste Frau, der er unter die Bluse gegriffen hatte, schien zum Personal des Instituts zu gehören. Die Art, wie sie miteinander redeten, ließ darauf schließen, dass sie sich schon lange kannten. Zuerst hatten sie offenbar Themen besprochen, die ihre Arbeit betrafen. Die Frau wirkte sachlich und konzentriert, sie strahlte eine gewisse Kühle aus, wozu die weiße Bluse, der graue Rock und die hochgesteckten Haare beitrugen. Vielleicht war das aber auch nur ihre Strategie, den Professor nicht unnötig zu reizen.

Als er hinter sie trat und seine breite Hand an ihren Hals legte, versteifte sich ihr Rücken kaum merklich. Sie drehte den Kopf und ich sah ihr gefrorenes, halb spöttisches Lächeln. Sie schien die Berührung erwartet zu haben und als ähnlich angenehm zu empfinden wie den morgendlichen sauren Geschmack im Mund.

Kaiser öffnete die obersten Knöpfe der Bluse, dann schob er seine Hand hinein und knetete die linke Brust wie einen Hefeteig. Sie ließ ihn fünf Sekunden gewähren, bevor sie die Hand herauszog und ihn zurückschob. Eigentlich war es kein Zurückschieben, eher stützte sie ihre Hand auf seinem hellblau karierten Hemd ab, um eine Distanz zwischen sich und seinen lüsternen Fingern zu schaffen. Dabei redete sie auf ihn ein, nicht wütend oder beleidigt, sondern so, wie man mit jemandem redet, der einem die Karriere vermasseln kann.

Kurz darauf verschwand die Frau. Kaiser schaute ihr mit verkniffenem Gesichtsausdruck hinterher. Offensichtlich hatte er sich mehr versprochen. Aber er kaute nicht lange an seiner Niederlage. Wie ich gerade beobachten konnte.

Kaiser war dreiundfünfzig, hatte mir seine Frau erzählt. Ein Mann in den so genannten besten Jahren, die vermutlich deshalb so heißen, weil das Ende schon absehbar ist.

Seine Frau war zwanzig Jahre jünger und eine ehemalige Doktorandin des Professors. Darüber, wie sich die beiden näher kennen gelernt hatten, hatte ich inzwischen eine klare Vorstellung. Marie Kaiser war eine schöne Frau, groß, schlank, mit langen braunen Haaren. Ein leichter Anflug von Stress lag auf ihrem schmalen Gesicht, zwei scharfe Falten zwischen Nase und Mund sprachen dafür, dass im Hause Kaiser nicht nur Idylle herrschte. Und natürlich die Tatsache, dass sie einen Privatdetektiv engagierte.

Marie hatte Kaiser nach ihrer Promotion geheiratet. Es gab eine Vorgängerin, über die man nicht sprach. Marie verzichtete auf ihren Beruf, wurde Hausfrau und Mutter. Mittlerweile regelten zwei Kinder im Krabbelalter ihren

Tagesablauf, sodass nur wenig Zeit blieb, in der sie darüber nachdenken konnte, wie ein anderes Leben ausgesehen hätte, eine akademische Karriere, ein Leben ohne Kaiser.

Sie wusste, dass sie nicht die Einzige gewesen war, der Kaiser eine intensive Beratung auf der Couch seines Arbeitszimmers hatte zukommen lassen. Wer als gut aussehende Studentin eine bessere Note haben oder eine wackelige Prüfung bestehen wollte, ging zu Kaiser. Aber er hatte Marie geschworen, dass sich mit ihr alles verändert habe, dass sie seine Erfüllung sei, dass er nie wieder mit einer Studentin schlafen würde. Und sie hatte ihm geglaubt.

»Wollen Sie es wirklich wissen?«, hatte ich sie gefragt.

»Ja.« Sie zog die Nasenflügel zusammen. »Ich muss wissen, woran ich bin. Ich will nicht ständig mit einer Lüge leben.«

Wir saßen in einem Café in der Innenstadt, im stickigen Inneren, wo wir fast unter uns waren. Wer keine Allergie gegen Sonnenstrahlen hatte oder auf Diskretion achten musste, bevorzugte die Tische auf der Fußgängerstraße vor dem Café.

»Ich habe solche Jobs schon oft gemacht«, erklärte ich. »Und hinterher gab es meistens Heulen und Zähneknirschen. Man kann mit einer Lüge leben, aber nicht mit hässlichen Fotos.«

»Ich dachte, Sie sind Privatdetektiv und kein Lebensberater.«

Ich grinste. »Ich wollte Sie nur warnen. Ich kann Ihnen zwar Scherben vor die Füße werfen, doch wegfegen müssen Sie sie selbst.«

»Was macht Sie so sicher, dass mein Mann fremdgeht?«

»Weil es immer einen Grund gibt, bevor man einen Privatdetektiv anruft. Wenn Sie Ihrem Mann vertrauen würden, säße ich nicht hier.«

Sie nickte. »Schießen Sie Ihre hässlichen Fotos. Um mich müssen Sie sich nicht kümmern.«

Ich stand auf und steckte die fünfhundert Euro Anzahlung ein. »Sie hören von mir.«

Sie würde von mir hören und vor allem sehen. Die Digitalkamera klickte, als Professor Kaiser den Reißverschluss herunterzog. Der Reißverschluss befand sich auf der Rückseite eines Kleides, das eine Studentin trug, die an Kaisers Schreibtisch lehnte. Die Studentin warf ihren Kopf in den Nacken und lachte. Sie hatte blonde gegelte Haare und einen Schmollmund. Sie war ein wenig unsicher, aber nicht überrascht. Sicher hatte sie mit Überlegung das stoffarme Kleid gewählt, das bis knapp über den Po reichte.

Kaiser hob die Frau auf seinen Schreibtisch und stellte sich zwischen ihre Beine. Sie lehnte sich zurück, damit er sie nicht küssen konnte. Ich schwenkte die Kamera, die sich von allein scharf stellte. Ich sah den kleinen Schwitzfleck unter dem Arm der Studentin. Kaisers Schweißflecken reichten bis zum Bauchnabel. Es war ein warmer Junitag, auch Münster konnte im Sommer schöne Tage haben.

Das Kleid, von professoraler Hand geschoben, rutschte über die Schulter der Blondine. Ein blasser Oberarm kam zum Vorschein. Der größte Teil der fünfzigtausend Studenten Münsters kam aus dem Münsterland und dem Emsland, wo der helle Teint der Nordländer dominierte. Die Studentin trug keinen BH. Eine ebenso blasse wie üppige Brust, passend zur Rembrandt-Figur der Sitzenden, fiel in die geöffnete Hand des Wissenschaftlers.

Kaiser beugte sich hinunter und lutschte an der Brustwarze. Er ließ sich Zeit. Die Sprechstunde war längst beendet. Später würde er sich bei seiner Frau darüber beklagen, dass ihn die Studenten mit ihren nervenden Fragen so lange im Institut festgehalten hatten.

Ich wischte mir den Schweiß von der Stirn. Das Kleid hing inzwischen auf den Hüften. Die Studentin stützte sich auf dem Schreibtisch ab, damit Kaiser ihren Slip über den Po ziehen konnte. Einen Moment lang glaubte ich, er würde wie ein LKW-Fahrer an der Trophäe riechen, doch er beherrschte sich, warf das schwarze Textil auf den Boden und bleckte die Zähne zu einem Haifischlächeln.

Dann nahm die Handlung rasant an Fahrt auf. Kaiser stürzte sich mit seinem massigen Körper auf die Blonde und presste sie auf den Schreibtisch. Dachte ich zuerst, war mir nach ein paar Sekunden jedoch nicht mehr so sicher. Der Professor blieb regungslos, die Blondine fing an zu zappeln. Waren die Hitze und die Aufregung zu viel für den Sexualforscher gewesen? Hatte er einen Schwächeanfall oder Schlimmeres erlitten?

Die Frau drückte und schob, bis die leblose Gestalt vom Schreibtisch fiel. Kaiser lag jetzt auf der von mir abgewandten Seite des Möbels, ich konnte ihn nicht mehr sehen. Die Studentin richtete sich auf, in ihrem Gesicht stand der Ausdruck nackter Panik. Sie sprang vom Schreibtisch, schnappte ihre Schuhe und rannte, das Kleid hochziehend, aus dem Raum.

Ich blätterte die letzten Aufnahmen zurück und vergrößerte den Ausschnitt. Tatsächlich, ich hatte mich nicht getäuscht: Auf dem weißen Oberkörper der Frau schmierte etwas Rotes, das eindeutig nach Blut aussah. Ich ging noch ein paar Aufnahmen zurück. Und dann sah ich, dass ich den Moment fotografiert hatte, in dem Kaisers Brust von einer Kugel getroffen worden war.

Und noch etwas anderes wurde mir klar: Der Täter musste sich ganz in meiner Nähe aufhalten. Der Schuss war ganz offensichtlich aus einer der Etagen des Hauses abgefeuert worden, in dem ich mich befand.

Ich lauschte. Ich hatte keinen Schuss gehört, also hatte der Täter wohl einen Schalldämpfer benutzt. Auf jeden Fall war er bewaffnet und ich nicht. Deshalb gab es keinen Grund, mich zu unüberlegten Heldentaten hinreißen zu lassen.

Ein Stockwerk über mir wurde eine Tür geöffnet und wieder geschlossen. Ich versteckte die Kamera hinter dem Rücken und schlenderte wie ein zufälliger Besucher die Treppe hinauf. Als ich den Flur erreichte, setzte sich auf der linken Seite gerade einer der beiden Aufzüge in Bewegung. Auf der anderen Seite, die an die Johannisstraße grenzte, gab es drei Türen. Zwei waren verschlossen, die dritte nicht. Sie führte in einen Lagerraum, in dem große Kartons standen. Außerdem lag ein leichter Schwefelgeruch in der Luft. Kein Zweifel, der Täter hatte von hier aus geschossen.

Der Aegidiimarkt war nicht nur ein weitläufiges Gebäudeensemble, das einen rot gepflasterten Innenhof umstand, mit Geschäften, der Volkshochschule und Wohnungen, er verfügte zu allem Überfluss auch noch über eine Tiefgarage mit mehreren Etagen und hunderten von Parkplätzen. Falls der Täter motorisiert war und sich in die Schlange der abfahrenden Kaufsüchtigen einreihte, würde ich ihn nicht identifizieren können. Ich rannte die

Treppe hinunter und hoffte, dass er das Gebäude zu Fuß verließ, erkennbar an einem Koffer oder einem länglichen Behälter und einem betont gleichmütigen Gesichtsausdruck.

Nachdem ich drei Minuten auf dem Innenhof gewartet hatte, war ich mir sicher, dass er mit dem Auto geflüchtet sein musste. Ich holte mein Handy aus der Tasche und ließ mich im Polizeipräsidium mit Hauptkommissar Stürzenbecher verbinden.

Stürzenbecher grunzte. »Was willst du, Wilsberg?«

»Eine schwere Körperverletzung oder einen Mord melden.«

»Toll. Kannst du dich nicht entscheiden?«

»Ich bin hundert Meter vom Opfer entfernt. Das lässt keine exakte Diagnose zu.«

»Und wer ist das Opfer?«

»Professor Günter Kaiser vom Philologischen Fachbereich der Uni Münster.«

»Was ist mit ihm passiert?«

»Jemand hat auf ihn geschossen.«

»Fantastisch«, knurrte Stürzenbecher. »Ich wollte nächste Woche in Urlaub fahren. Hast du vielleicht auch den Namen des Täters?«

»Tut mir Leid, damit kann ich nicht dienen.«

»Dachte ich es mir doch«, maulte der Hauptkommissar. »Anstatt einem alten Mann die Arbeit zu erleichtern, versaust du mir den Urlaub. Na schön, wo finde ich diesen Kaiser?«

Ich beschrieb die Lage des Instituts für Sprachwissenschaft und empfahl ihm, den Notarzt zu verständigen, falls es die Sekretärin des Professors noch nicht getan hatte. »Vielleicht hast du ja Glück und Kaiser ist gar nicht tot. Dann kannst du den Fall auf einen deiner Leute abschieben.«

»Glück«, sagte Stürzenbecher, bevor er auflegte, »Glück kenne ich nicht.«

Kaisers Sekretärin stand unter Schock und brabbelte unverständliche Sätze vor sich hin. Ich trat durch die geöffnete Tür in das Zimmer des Professors. Ein Mann im grauen Hausmeisterkittel und eine ältere Frau, die nach Verwaltung aussah, standen mit zitternden Beinen und blutigen Händen neben dem merkwürdig gekrümmten Körper, der in einer großen Blutlache schwamm. Sie hatten versucht, Kaiser wieder zu beleben. In den täglichen Arztserien mochte das gelingen, die Wirklichkeit war brutaler. Kaiser war tot, absolut tot. Wahrscheinlich war er schon tot gewesen, als er auf der blonden Studentin gelegen hatte.

Der Raum war überhitzt und stank nach Blut und Schweiß. Ich schaute mich um und verglich die Eindrücke mit dem, was ich durch meine Kamera gesehen hatte. In der Ecke stand ein abgewetztes Sofa, auch der Schreibtisch hatte schon bessere Tage erlebt. An den Wänden hatte Kaiser ein paar Porträts aufgehängt. Sie zeigten ernst blickende Männer in grauen Anzügen, weißen Hemden, eng gebundenen Krawatten und Hornbrillen, vermutlich berühmte Sprachforscher, die Kaisers Weg in die Wissenschaft geebnet hatten.

Ansonsten gab es wenig Auffälliges, nur die üblichen Berge von Büchern, Papieren, gebundenen Examens- und Hausarbeiten. Auf dem Schreibtisch lag Kaisers randlose Brille. Immerhin unterschied er sich in diesem Punkt von seinen Vorbildern.

Ein junger, weiß gekleideter Notarzt und zwei Sanitäter stürmten herein. Die Sanitäter wollten ihre Geräte auspacken, aber der Arzt winkte ab. Den Vorschriften entsprechend suchte er Kaisers Puls, den er erwartungsgemäß nicht fand. Mit zwei Fingern drückte er die Augen des Toten zu, dann zupfte er die Latexhandschuhe von den Händen und warf sie auf seinen Arztkoffer.

»Offenbar liegt hier ein Gewaltverbrechen vor«, wandte er sich an den Hausmeister. »Ist die Polizei schon verständigt?«

»Ja«, sagte ich.

»Sie müssen warten, bis die Polizei Ihre Personalien aufgenommen hat.«

»Aber, wir haben doch nichts ...«, stammelte die Frau.

»Vorschrift«, sagte der Arzt.

»Sie sollten sich um die Sekretärin kümmern«, schlug ich vor.

Der Arzt warf mir einen scharfen Blick zu. »Danke für den Hinweis.«

Die Hitze ließ uns alle ein wenig gereizt werden.

Der Hausmeister und die Frau drehten sich zu mir um, trauten sich aber nicht, die Frage zu stellen, die ihnen auf der Zunge lag.

Draußen wurde es lauter, Stürzenbecher und seine Leute waren eingetroffen. Der Hauptkommissar und der Notarzt begegneten sich auf der Türschwelle.

»Exitus«, sagte der Arzt. »Hoher Blutverlust durch eine Verletzung in der Herzgegend. Der Tod dürfte sehr schnell eingetreten sein.«

Das medizinische Personal verschwand, dafür füllte sich der Raum mit Kriminalpolizisten in legerer Freizeitkleidung. Stürzenbecher schaute kurz zu Kaiser, dann zu dem Fenster hinter dem Schreibtisch, in dessen Glas ein kleines Loch mit Splitterkranz zu erkennen war.

»Der Täter muss von dort drüben geschossen haben.« Stürzenbecher deutete auf die roten Ziegel des Aegidiimarktes. »Willschrei und Hannemann, guckt mal, ob ihr etwas findet.«

»Vierter Stock, ein Lagerraum«, sagte ich.

Stürzenbecher schaute mich überrascht an. »Ihr habt's gehört.« Das galt den beiden Kripoleuten. »Und Sie beide«, damit waren der Hausmeister und die Frau gemeint, »warten bitte draußen, bis wir Ihre Aussage aufgenommen haben.«

»Dürfen wir ...« Die Frau zeigte ihre blutigen Handflächen.

»Ja, natürlich, waschen Sie sich ruhig die Hände, aber bleiben Sie in der Nähe.«

Das Paar schien froh, den Ort des Schreckens verlassen zu können.

»Wenn du schon weißt, von wo der Täter geschossen hat«, Stürzenbecher kam auf mich zu, »warum hast du ihm dann nicht guten Tag gesagt?«

»Wollte ich ja, aber er war schon weg.«

Hauptkommissar Stürzenbecher ging auf die sechzig zu und versuchte nicht länger, diese Tatsache zu verbergen. Die Aussicht auf den baldigen Ruhestand ließ sogar eine bei ihm bislang unbekannte Lässigkeit durchschimmern. Statt der gewohnten Beamtenuniform trug er ein weinrotes Polo-Shirt unter einem italienischen Sommeranzug, und auf dem von der Sonne geröteten Gesicht spross ein grauer Dreitagebart. Nur der weiße Strohhut fehlte, sonst hätte er als Kommissardarsteller durchgehen können.

»Erzähl!«, befahl Stürzenbecher.

Ich erzählte von meinem Auftrag und den Fotos, die ich geschossen hatte. Zur Demonstration zeigte ich ihm das Bild, das Kaisers Ableben dokumentierte.

Stürzenbecher schnalzte. »Fesche Braut. Gibt's von ihr noch mehr Fotos?«

»Es reicht für einen Herrenabend in der Polizeikantine.«

»Andere Frauen?«

»Eine.« Ich suchte eine Aufnahme von der Frau mit dem grauen Rock und der weißen Bluse. »Ich glaube, sie gehört zum wissenschaftlichen Personal. Aus erotischer Sicht geben die Fotos nicht so viel her. Kaiser hat nur ihre Brust begrapscht.«

Stürzenbecher grinste. »Unser Professor war ja ein richtiger Lüstling.«

»Was willst du von einem Mann erwarten, der weiße Tennissocken zu schwarzen Mokassins trägt?«

Der Hauptkommissar drehte sich um und betrachtete den Toten. Kaisers Hosenbeine waren hochgerutscht, auf den behaarten Beinen und den weißen Socken klebten Blutflecken.

»Dir ist ja klar, dass deine Klientin ein Motiv hat?«

»Sie wird keinen Privatdetektiv engagieren, der fotografiert, wie sie ihren Mann erschießt.«

»Wenn ich dich nicht kennen würde, wärst du auch verdächtig.«

»Was soll das denn?«, fragte ich erstaunt.

»Nun«, er schaute mich an, »du warst zur Tatzeit an genau der Stelle, von der aus geschossen wurde. Sie könnte dich engagiert haben, damit du ihren Mann erledigst.«

»Und wer hat fotografiert?«

»Kann man diese Digitalkameras nicht auch an ein Zielfernrohr anschließen?«

»Bist du zu lange in der Sonne gewesen?«

»Ich sagte ja: Wenn ich dich nicht kennen würde. Dummerweise kenne ich dich besser, als mir lieb ist.« Er schüttelte den Kopf. »Ein Mord an der Uni. Ich höre schon, wie die alle gedrechselt daherreden. Dabei habe ich nicht mal Abitur.«

»Du könntest mich als wissenschaftlichen Berater auf Honorarbasis einstellen. Ich habe eine abgeschlossene Hochschulausbildung.«

Stürzenbecher lachte. Es klang, als ob ein Deutschschweizer *Küchenschrank* sagen würde. »Bei allem Verständnis für deine Geldnöte: Du bist nicht objektiv. Ich kann zwar nur einfache Sätze zusammenschrauben, aber ich merke genau, wenn mir jemand Schmu erzählt.«

Stürzenbechers Handy klingelte. Willschrei und Hannemann hatten den Lagerraum gefunden. Der Hauptkommissar sagte, sie sollten auf die Spurensicherung warten. Nachdem er das Gespräch beendet hatte, rief er: »Brünstrup!«

Eine Frau mit braunem Pferdeschwanz näherte sich.

Stürzenbecher drückte ihr die Kamera in die Hand. »Treiben Sie jemanden auf, der die beiden Frauen identifizieren kann, die auf den Aufnahmen zu sehen sind. Wir brauchen Namen und Adressen. Und wenn die Spurensicherung drüben fertig ist, soll sie sich den Raum hier vornehmen. Wird vermutlich nicht viel bringen, aber es kann nicht schaden zu wissen, wer alles seine Fingerabdrücke hinterlassen hat.«

Brünstrup nickte und machte sich auf den Weg.

»Ach, Brünstrup!«

Der Pferdeschwanz blieb stehen.

»Zeigen Sie den Zeugen bitte nur Fotos, auf denen die Damen korrekt bekleidet sind. Wir wollen ja nicht noch mehr Wirbel verursachen.«

Brünstrup versprach, darauf zu achten.

Stürzenbecher nahm meinen Arm. »Und wir beide gehen jetzt zu der Witwe und überbringen ihr die traurige Nachricht.«

II

Wir fuhren auf der Von-Esmarch-Straße nach Westen. Hinter den naturwissenschaftlichen Fachbereichen der Universität, einigen alten Klinikgebäuden und neuen Studentenwohnheimen begann der Stadtteil Gievenbeck. Hier war in den letzten Jahren viel gebaut worden. Das Repertoire reichte von Reihenhäusern über Doppelhaushälften bis zu Einfamilienhäusern. Wenn die Einwohner soziales Elend sehen wollten, mussten sie sich schon in ihre teuren Autos setzen und nach Kinderhaus oder Berg Fidel fahren.

»Was weißt du über Kaiser?«, fragte Stürzenbecher.

»Nicht viel. Ich habe den Auftrag erst gestern bekommen.«

»Eine Idee, wer ihn nicht leiden konnte?«

»In Anbetracht von Kaisers ausgeprägter Libido kommen dafür einige Dutzend betrogene Ehemänner und Freunde infrage.«

Stürzenbecher grunzte. »Hast du zur Abwechslung mal eine gute Nachricht?«

»Tut mir Leid.«

»Ehrlich gesagt, ich stehe sowieso nicht darauf, auf Mallorca am Strand zu braten und mir am Abend den Bauch mit fettigen Tapas vollzuschlagen.«

»Wenn man's so sieht ...«

»Meine Frau kann alleine fahren und vielleicht die Bekanntschaft eines netten Spaniers machen, der darauf spezialisiert ist, Touristinnen abzuschleppen.«

»Wie selbstlos.«

»Und wem habe ich das alles zu verdanken?«

»Mir nicht. Der Mörder hätte auch geschossen, wenn ich nicht da gewesen wäre.«

»Bist du da so sicher?«

Ich schaute ihn von der Seite an. Stürzenbechers Gesicht lag in unergründlichen Falten.

Wir bogen in eine ruhige Wohnstraße ein. Einige Kinder führten ihre Metallroller spazieren. Das Haus der Kaisers stand auf einer handtuchgroßen Rasenfläche, die Blumen vor der weißen Haustür waren frisch gewässert.

Stürzenbecher parkte und stellte den Motor ab. Er blieb noch einen Moment sitzen, während er mit gerunzelter Stirn zu dem einstöckigen Haus blickte, das von der Abendsonne in gleißendes Licht getaucht wurde.

»Also los! Bringen wir es hinter uns.«

Die Hitze war gegen Abend schwüler geworden. Es roch nach einem Gewitter. Stürzenbecher drückte auf die Klingel. Das Dingdong provozierte ein aufgeregtes Getrappel von Kinderfüßen.

»Warte!«, rief eine Frauenstimme im Inneren.

Sekunden später öffnete sich die Tür. Marie Kaiser hatte ihren Arm schützend um die Schulter eines etwa fünfjährigen Mädchens gelegt. Sie schaute zuerst mich an, dann, mit zunehmendem Erstaunen, meinen Begleiter.

»Frau Kaiser?«, fragte Stürzenbecher.

»Ja?«

»Ich bin Hauptkommissar Stürzenbecher von der münsterschen Kripo. Herrn Wilsberg kennen Sie ja.«

»Was …« Sie blickte mich fragend an.

Ich zuckte verlegen mit den Schultern.

»Dürfen wir eintreten?«, fragte Stürzenbecher.

»Ja, natürlich, entschuldigen Sie.«

Der jüngere Bruder des Mädchens spielte auf dem Fußboden des Wohnzimmers mit Autos. Die Terrassentüren waren weit geöffnet, brachten aber nicht den Hauch einer Abkühlung. Ich spürte, dass das Hemd auf meinem Rücken klebte.

»Aus welchem Grund ...«

»Frau Kaiser«, unterbrach sie Stürzenbecher, »gibt es jemanden, der sich vorübergehend um die Kinder kümmern könnte?«

»Warum? Nun sagen Sie doch endlich ...«

»Nur eine halbe Stunde«, bat Stürzenbecher. Er benutzte seine beruhigende Stimme, die ähnlich entspannend wirkte wie das ernste Gesicht eines Arztes nach einer komplizierten Operation.

Ich setzte mich in einen Polstersessel und vermied den Blickkontakt mit meiner Klientin. Stürzenbecher hatte eine Menge Erfahrung und wusste sicher, was er tat. Trotzdem war es die reinste Psycho-Folter. Natürlich ahnte Marie Kaiser längst, dass etwas Schreckliches passiert war, selbst wenn sie sich einredete, dass es jede Menge harmloser Alternativen gab.

»Nike, Wotan, wir gehen mal kurz zu Tante Helga.«

Die Kinder protestierten, auch sie spürten die Spannung, die in der Luft lag. Quengelnd ließen sie sich von ihrer Mutter nach draußen ziehen.

Stürzenbecher fiel schnaufend in einen Sessel. »Daran werde ich mich wohl nie gewöhnen.«

»Ja«, antwortete ich matt.

Marie Kaisers Gesicht war bleich vor Anspannung, als sie zurückkehrte.

»Warum sind Sie hier?«

»Setzen Sie sich bitte«, sagte Stürzenbecher.

»Ich will mich nicht setzen, verdammt noch mal!«, brach es aus ihr heraus. »Ich will wissen, was los ist.«

»Setzen Sie sich!«, sagte Stürzenbecher.

Die Frau setzte sich.

»Frau Kaiser, ich muss Ihnen leider mitteilen, dass Ihr Mann tot ist.«

»Was?«

»Er ist vor knapp zwei Stunden erschossen worden. Soweit wir den Tathergang zum jetzigen Zeitpunkt rekonstruieren können, hat der Täter vom gegenüberliegenden Gebäude aus auf Ihren Mann, der sich in seinem Arbeitszimmer in der Uni befand, geschossen. Die Schussverletzung führte unmittelbar zum Tod. Ihr Mann hat nicht gelitten, Frau Kaiser.«

»Wer?«

»Das wissen wir noch nicht.«

Im Raum wurde es still. Draußen zwitscherten die Vögel in ängstlicher Erwartung des Gewitters.

Marie Kaiser weinte nicht, sie brach auch nicht zusammen. Sie saß regungslos auf dem Sofa.

»Und was haben Sie ...« Die unvollständige Frage galt mir.

»Ich habe zum Zeitpunkt des Anschlags fotografiert.«

»Sie meinen, Sie haben fotografiert, wie mein Mann erschossen wurde?«

Ich bejahte.

»War er allein?«

»Nein.« Ich bemühte mich, das Wort so neutral wie möglich klingen zu lassen, aber sie wusste sofort Bescheid.

»Er war mit einer Frau zusammen?«

»Frau Kaiser«, mischte sich Stürzenbecher ein, »ich

weiß, wie schwierig die Situation für Sie ist. Trotzdem möchte ich Sie bitten, mir ein paar Fragen zu beantworten. Bei einer Morduntersuchung sind die ersten Stunden die wichtigsten. Was man am Anfang versäumt, kann man später nie mehr aufholen.«

Marie Kaiser schwieg.

»Falls Sie sich dazu nicht in der Lage fühlen, können wir die Unterhaltung aber auch auf morgen verschieben.«

»Doch, doch«, sagte sie schließlich. »Fragen Sie!«

»Die naheliegendste Frage zuerst: Haben Sie eine Idee, wer Ihren Mann erschossen haben könnte?«

»Nicht die geringste.«

»Hatte Ihr Mann Feinde? Gab es Drohungen?«

»Nicht, dass ich wüsste.«

»Hat Ihr Mann von Anrufen oder Briefen erzählt, in denen er bedroht wurde, oder haben Sie selbst solche Anrufe erhalten?«

»Nein.«

»Gab es Streitereien an der Uni?«

»Natürlich gab es Streitereien. Am Fachbereich wird ständig um Haushaltsmittel und Stellen gekämpft. Aber wenn das ein Mordgrund wäre, müsste die Hälfte aller Professoren gefährdet sein.«

»Gut«, sagte Stürzenbecher aufmunternd. Eine kleine Atempause vor der nächsten Keule. »Frau Kaiser, Ihr Mann hatte … sexuelle Kontakte zu anderen Frauen.«

»Davon weiß ich nichts«, antwortete sie schnell.

»Aber Sie haben etwas geahnt.«

»Vielleicht. Vielleicht habe ich etwas geahnt. Und wenn schon. Das heißt gar nichts.«

»Sonst hätten Sie keinen Privatdetektiv engagiert.«

Sie guckte mich wütend an.

Ich zuckte wieder mit den Schultern. »Mir blieb nichts anderes übrig, als der Polizei die Wahrheit zu sagen.«

»Ich ...«, jetzt kämpfte sie doch mit den Tränen, »ich will in der Öffentlichkeit nicht als dumme, betrogene Ehefrau dastehen. Verstehen Sie das nicht?«

»Das verstehe ich«, sagte Stürzenbecher rücksichtsvoll. »Ich verspreche Ihnen, dass wir die Angelegenheit so diskret wie möglich behandeln werden. Es handelt sich jedoch um ein Mordmotiv, dem wir unbedingt nachgehen müssen.«

»Ich habe keine Ahnung, mit wem es mein Mann ... getrieben hat. Ich habe Herrn Wilsberg ja erst gestern ...«

Stürzenbecher nickte. »Wie war Ihre Ehe, Frau Kaiser?«

»Was soll das jetzt?«, fragte sie schrill.

»Nur eine Frage.«

»Unsere Ehe war ausgezeichnet.«

»Obwohl Sie Ihrem Mann misstraut haben?«

»Ich habe meinem Mann nicht ...« Ihr wurde bewusst, dass sie gerade dabei war, Unsinn zu reden. »Ich habe meinem Mann lange Zeit vertraut. Erst in letzter Zeit hatte ich Zweifel.«

»Wie sind die entstanden?«

»Durch Kleinigkeiten. Er benahm sich anders. Parfümgeruch an seinem Hemd. Solche Dinge.«

Stürzenbechers Handy klingelte. Der Hauptkommissar meldete sich und hörte zu.

»Gut, bringt sie ins Präsidium! Ich bin gleich da.«

Wahrscheinlich hatten sie die blonde Studentin aufgetrieben.

Er steckte das Handy in die Tasche. »Frau Kaiser, ich möchte Sie bitten, morgen ins Präsidium zu kommen, sagen wir, um zwölf. Dann können wir unser Gespräch fortführen und ein formales Protokoll aufsetzen.«

Er stand auf und reichte der Witwe die Hand. Ich stand ebenfalls auf.

»Herr Wilsberg«, ihre Stimme klang erstaunlich fest, »würde es Ihnen etwas ausmachen, noch zu bleiben? Ich habe auch einige Fragen.«

»Sicher.« Ich setzte mich wieder.

Stürzenbecher winkte mir zum Abschied zu und ging hinaus.

Als die Haustür ins Schloss gefallen war, lehnte sich Marie Kaiser mit geschlossenen Augen zurück. »Jetzt könnte ich einen Schnaps vertragen.«

Der nicht kühlungsbedürftige Teil der Hausbar stand gut sichtbar auf einem Sideboard. Ich nahm ein Glas aus der darüber hängenden Vitrine und goss einen Brandy ein. Der Brandy roch verlockend, ich hätte auch gerne einen getrunken. Aber zum Glück hatte sie mir keinen angeboten.

Sie kippte den Schnaps in einem Schluck. »Wie viele?«

»Wie viele was?«

»Wie viele Frauen?«

»Heute waren es zwei. Aber ich gebe keine Garantie ab, dass nicht noch andere im Spiel waren.«

»Er hat sich also nicht geändert.«

»Scheint so.«

»Warum habe ich ihm geglaubt?«

»Weil Sie ihm glauben wollten.«

Sie schloss die Augen, in denen Tränen schimmerten. »Ein verdammtes Arschloch.«

Ich ließ den Satz unkommentiert im Raum stehen. Draußen regten sich die Vögel auf.

»Frau Kaiser«, sagte ich nach einer Weile, »Sie haben ein Problem.«

»Wie meinen Sie das?«, fragte sie schniefend.

»Ich kenne Hauptkommissar Stürzenbecher seit vielen Jahren. Heute war er sehr rücksichtsvoll. Morgen wird er Sie härter befragen. Denn Sie haben ein Mordmotiv.«

»Aber ich ... Ich habe doch gerade eben erst erfahren ...«

»Er ist ein Bulle. Er glaubt Ihnen nicht.«

Sie zog den Zeigefinger unter der Nase entlang. Ich gab ihr eins der Papiertaschentücher, die ich immer in der Hosentasche hatte.

Sie schnäuzte sich. »Was schlagen Sie vor?«

»Sie brauchen rechtlichen Beistand. Kennen Sie einen Anwalt, dem Sie vertrauen?«

»Nein, damit habe ich nie zu tun gehabt.«

Ich überlegte. »Ich kann Ihnen jemanden empfehlen. Eine junge Anwältin, mit der ich lange zusammengearbeitet habe.«

»Ist das wirklich notwendig?«

»Falls die Polizei bis morgen früh keine heiße Spur hat, wird sie sich auf das familiäre Umfeld stürzen, aus rein statistischen Gründen. Fünfundneunzig Prozent aller Morde und Totschlagsdelikte haben einen familiären Hintergrund. Sie hatten den Verdacht, dass Ihr Mann fremdgeht, also hatten Sie auch ein Motiv, ihn umzubringen.«

»Ich kann überhaupt nicht schießen.«

»Oder ihn umbringen zu lassen.«

Sie dachte nach. »Gut. Fragen Sie diese Anwältin! Und, Herr Wilsberg ...«

»Ja?«

»Ich möchte, dass Sie weiter für mich arbeiten. Wenn mich die Polizei für verdächtig hält, brauche ich jemanden, der an meine Unschuld glaubt.«

Ich war mir gar nicht so sicher, ob ich sie für unschuldig hielt. Allerdings brauchte ich nur an meinen Kontostand zu denken, um die Unschuldsvermutung als vorläufige Hypothese zu akzeptieren.

»Du könntest mal aufräumen und putzen«, sagte Franka.

»Meine Putzfrau hat Urlaub.«

»Oder dir eine neue Assistentin zulegen.«

»Kein Geld.«

Seitdem Franka nicht mehr bei mir arbeitete, hatte ich die allgemeine Sauberkeit und Ordnung in meinem Büro etwas schleifen lassen. Jetzt, wo sie es sagte, fiel mir auch auf, dass daran dringend etwas geändert werden musste. In den Ecken tanzten die Wollmäuse, auf dem zweiten, unbenutzten Schreibtisch stapelten sich ungeöffnete Briefe und über allem lag die Patina einer wochenalten Staubschicht. In einem solchen Büro vermutete man eher einen schmierigen, alten Schnüffler als einen kompetenten, dynamischen Privatdetektiv. Ich nahm mir vor, mich in den nächsten Tagen darum zu kümmern.

Bei Franka war die Entwicklung in die entgegengesetzte Richtung verlaufen. Aus dem ehemaligen Punk-Mädchen mit zerrissenen Jeans und verfilzten, bunten Haaren war eine gut gekleidete junge Frau geworden. Zu den teuren Markenjeans trug sie ein ebenso teures, leichtes Sommerjackett, das Haar fiel im lockeren Pagenschnitt über die Ohren und am Ringfinger ihrer linken Hand glänzte ein schmaler Diamantring. Sie sah schlanker, drahtiger, energischer, mit einem Wort: erfolgreicher aus als in den guten alten Tagen, in denen wir zusammen in diesem Büro gesessen hatten.

»Ich laufe«, sagte sie auf meine Frage, »und ich achte auf meine Ernährung.« Sie schlug mir leicht gegen die Brust. »Du solltest auch etwas für deine Fitness tun.«

»Ich gehe jeden Morgen die Treppe hinunter, um die Zeitung zu holen. Das ist Frühsport genug.«

Franka hatte ihr Jurastudium beendet und arbeitete als Referendarin beim Rechtsanwalt und Notar Kurz, der mich schon ein paarmal aus den Fängen der Polizei befreit hatte. Kurz war ein rhetorisch brillanter Strafverteidiger, allerdings auch etwas schusselig. Einmal hatte er einen Mandanten zur Unterschrift des in Auftrag gegebenen Testaments gebeten, als dieser schon zwei Jahre unter der Erde lag. Trotzdem glaubte ich, dass Kurz' Erfahrung und Frankas Engagement die richtige Unterstützung für Marie Kaiser sein würden. Außerdem war ich in letzter Zeit etwas vereinsamt und freute mich, mal wieder mit Franka über einen Fall reden zu können.

»Also, worum geht's?«, fragte Franka.

Mein Büro gefiel mir selbst nicht mehr. »Lass uns zur Piazza gehen und ein Bier trinken!«

Die Piazza lag hundert Meter oder eine Querstraße von meiner Wohnung im Kreuzviertel entfernt. Im Sommer entfaltete der Platz rund um die Kreuzkirche südländisches Flair. Die Tische und Stühle vor den Kneipen, Restaurants, Pizzerien und Eisdielen lockten allabendlich die Bewohner meines Viertels an, hauptsächlich Lehrerinnen, Ärzte, Rechtsanwälte, Professoren und ihre aktuellen Lebenspartner und -partnerinnen.

Das Sommergewitter hatte es sich anders überlegt, die Luft war samtweich und Sitzplätze waren entsprechend rar. Franka und ich ergatterten einen gerade frei werdenden Tisch am Straßenrand. Ich schaute mich um und grüßte ein paar Studienrätinnen aus meiner Nachbarschaft. Die meisten von ihnen trugen in diesem Sommer rote Locken und hatten sich jüngere Liebhaber zugelegt.

Eine studentische Kellnerin brachte uns zwei Bierkrüge und ich erzählte Franka von dem Fall. Sie war sofort interessiert. Ich konnte richtig sehen, wie die alte detektivische Leidenschaft in ihr aufflackerte.

Als ich geendet hatte, sagte Franka: »Und du glaubst ihr das?«

»Warum nicht?«

»Hör auf, Georg! Keine Frau ist so naiv, nicht zu merken, dass sie mit einem notorischen Ehebrecher verheiratet ist.«

»Sie hatte ja einen Verdacht.«

»Seit drei Tagen.« Franka lächelte spitz. »Jede Wette, dass sie seit Jahren über ihn Bescheid weiß.«

»Wenn sie ihn umbringen wollte, hätte sie mich nicht gebraucht.«

»Man kann es auch so sehen, dass sie dich als Ablenkungsmanöver benutzt hat. Zumindest bei dir hat es ja funktioniert.«

»Ich weiß nicht«, gab ich mich störrisch. »Auf mich wirkt sie nicht wie eine Mörderin.«

»Oh, Georg!« Franka lächelte zuckersüß. »Sie schaut dich mit tränenfeuchten Augen an und schon denkst du mit dem Bauch und nicht mit dem Kopf.«

»Danke.«

»Sei nicht böse!« Sie legte ihre Hand auf meine. »Das macht dich ja so sympathisch.«

Ein durchaus zweischneidiges Kompliment.

»Okay.« Ich raffte meinen wo auch immer zirkulierenden Verstand zusammen. »Stürzenbecher wird so ähnlich argumentieren wie du. Unsere Aufgabe ist es, Marie Kaiser zu unterstützen, deshalb müssen wir uns darauf einstellen.«

»Ich werde mein Bestes tun«, versprach Franka. »Aber wir sollten im Hinterkopf behalten, dass an ihrer Geschichte etwas faul ist.«

Ich schaute in den Nachthimmel, der von Laserfingern abgetastet wurde. Wenn man bedachte, dass das Leben auf unserem Planeten mit ein paar Aminosäuren angefangen hatte, die sich an der Oberfläche eines Kometen befanden, der vor ein oder zwei Milliarden Jahren auf die Erde gestürzt war, konnte es mir eigentlich egal sein, ob Marie Kaiser log oder nicht. Aber vermutlich war das wieder so ein Bauchgedanke.

Wir bestellten zwei weitere Krüge Bier.

»Du trinkst wieder?«, fragte Franka. Wahrscheinlich war es nicht so vorwurfsvoll gemeint, wie es klang.

»In Maßen. Höchstens ein oder zwei Bier am Abend, nichts Hochprozentiges.«

»Ich habe ein bisschen Angst, dass du unter die Räder kommst, Georg.«

»Irgendwie habe ich dich auch lieber gemocht, als du noch aufmüpfig und schlecht gekleidet warst.«

Franka lachte. »Jetzt hörst du dich schon an wie mein Vater. Er kann es nicht ertragen, dass seine Tochter Karriere macht und ihn womöglich in den Schatten stellt.«

»Erfolgreicher als ich bist du ja schon.«

»Das war deine eigene Entscheidung, Georg«, widersprach Franka. »Du hattest alle Chancen, mehr zu erreichen.«

»Vielleicht bin ich ja mit dem zufrieden, was ich habe. Ich arbeite, wann und wie viel ich will, und niemand sagt mir, was ich zu tun habe. Ich brauche kein Aktiendepot für mein Selbstbewusstsein.«

»Denkst du nie darüber nach, dass es anders hätte laufen können?«

»Na ja, manchmal schon. Dann frage ich mich, warum ich nicht beizeiten eine Studienrätin geheiratet habe. Und ganz, ganz selten habe ich den Wunsch, wie ein stinknormaler Mensch in ein Reisebüro zu gehen und zwei Wochen Karibik zu buchen. Aber das geht vorüber.«

Wir plauderten noch eine Weile. Weil es ein angenehmer Abend war und mich Gespräche über mein Leben immer ein wenig sentimental machten, hätte ich gern noch ein drittes Bier bestellt. Aber ich wollte nicht wortbrüchig werden. Franka und ich vereinbarten, uns am nächsten Tag mit Marie Kaiser vor dem Polizeipräsidium zu treffen. Dann schwang sich Franka auf ihr Fahrrad und fuhr davon. Und ich ging in meine unaufgeräumte Wohnung zurück.

III

Am nächsten Morgen riss mich einer meiner Nachbarn, der sich als Frühaufsteher profilieren wollte, mit seinem motorisierten Rasenmäher aus dem Schlaf. Nachdem ich mich eine Weile geärgert und festgestellt hatte, dass bei dem Lärm sowieso nicht an ein Weiterschlafen zu denken war, beschloss ich, die Gelegenheit zu nutzen und vor dem Termin im Polizeipräsidium ein paar Recherchen anzustellen. Ich kochte mir einen italienischen Kaffee, frühstückte zwei Scheiben von dem ältlichen Brot, das seit unbestimmter Zeit sein Dasein in der Brottrommel fristete, und las dabei die neuesten Berichte über Ballacks Wade und Metzelders Knöchel vor dem Schicksalsspiel unserer Nationalelf gegen die US-Boys in Südkorea. Dann machte ich mich zu Fuß auf den Weg.

Seit der Zeit, als die Westfälische Wilhelms-Universität noch eine katholische Akademie war und sich gegen die protestantischen Preußen sträubte, befanden sich die geisteswissenschaftlichen Fachbereiche mitten in der Stadt, zwischen Domplatz und Hindenburgplatz. Selbst der Zweite Weltkrieg hatte daran nichts geändert, die Gebäude waren an derselben Stelle wieder aufgebaut worden. Im konservativen Münster hatten moderne Stadtplaner nie die Chance bekommen, die Innenstadt zu verschandeln, wie es ihnen in den Städten des Ruhrgebiets problemlos gelungen war.

Der dreistöckige Bau, in dem sich das Institut für Sprachwissenschaft befand, stand am Ufer der Aa und stammte aus den architektonisch grausamen Sechzigerjahren des 20. Jahrhunderts. Ich ging durch den Windfang und stieg die Treppe hinauf. Der einzige Lichtblick, den der Architekt gehabt hatte, war die Glasfront auf der Nordseite des Gebäudes. Sie erlaubte einen Panoramablick auf die von den Jesuiten erbaute Petrikirche, eine der schönsten der vielen Kirchen Münsters.

Kaisers Arbeitsräume lagen im zweiten Stockwerk. Da mich seine Sekretärin am Tag zuvor zusammen mit Stürzenbecher gesehen hatte, baute ich darauf, dass sie mich für befugt hielt, Antworten auf meine Fragen zu verlangen. Ich klopfte an ihre Tür und trat ein. Die Aktion bewirkte einen unterdrückten Aufschrei und ein heftiges Zusammenzucken.

»Entschuldigen Sie, ich wollte Sie nicht erschrecken.«

»Die Nerven«, stammelte die etwa vierzigjährige Frau.

»Ja, so ein Mord passiert nicht alle Tage. Sie erinnern sich sicher, dass ich gestern schon hier war?«

»Ja …«

»Ich habe da noch ein paar Fragen im Zusammenhang mit dem Tod von Professor Kaiser.«

»Ich weiß nicht …«

»Müssen Sie auch nicht. Professor Kaiser hatte doch sicher Assistenten?«

»Natürlich.« Sie entspannte sich etwas. Offenbar hatte sie befürchtet, ich wollte sie über die amourösen Eskapaden ihres Chefs ausfragen. »Dr. Kohlmann und Dr. Weichert.«

»Hatte Professor Kaiser ein gutes Verhältnis zu ihnen?«

»Auf jeden Fall. Sie haben ihn verehrt.«

»Rein wissenschaftlich?«

»Selbstverständlich.« Sie errötete. »Professor Kaiser war ja eine Kapazität auf seinem Gebiet.«

»Zweifellos. Sind Dr. Kohlmann und Dr. Weichert im Haus?«

»Frau Dr. Kohlmann hat ein Seminar, aber Herr Dr. Weichert ist in seinem Zimmer.«

»Wo finde ich ihn?«

»Wenn Sie hinausgehen, die dritte Tür rechts.« Sie zögerte, als wollte sie noch etwas sagen.

»Ja?«

»Herr Dr. Weichert ist ... Ich meine, Sie dürfen sich nicht wundern, wenn er sich ein wenig seltsam benimmt.«

»Das bin ich in meinem Beruf gewohnt«, sagte ich verständnisvoll.

Nach der Ankündigung hatte ich einen verschrobenen, linkischen Akademiker erwartet, der selbst bei vierzig Grad Hitze seine Fliege nicht ablegt, doch ich traf auf einen jungen, durchtrainierten Mann in Jeans und T-Shirt, dessen blonde Haarpracht an Brad Pitt erinnerte.

»Dr. Weichert?«

»Lassen Sie den Doktor weg, wenn Sie nicht krank sind. Und wer sind Sie?«

Ich entschied mich für die Wahrheit: »Mein Name ist Wilsberg. Ich bin Privatdetektiv.«

»Oh, ein Schnüffler. Ein Sam Spade, Philip Marlowe, Hercule Poirot, Lew Archer, Pepe Carvalho.«

»So was in der Art, ja.«

Er trommelte mit den Fingern der rechten Hand auf den Schreibtisch und deutete mit der linken auf den Besucherstuhl. Weicherts Zimmer war kleiner als das von Kaiser, die hier versammelte Menge an Büchern und Aktenordnern schien jedoch ähnlich umfangreich zu sein. Dafür hatte Weichert auf jeglichen Wandschmuck verzichtet.

»Ich liebe Krimis. Ist Ihr Leben auch so aufregend?«

»Meistens nicht.«

Sein Trommeln machte mich nervös. Ich bemerkte, dass es einen Rhythmus gab. Er trommelte jeweils fünf Mal und legte dann eine kleine Pause ein.

»Was kann ich für Sie tun, Herr Detektiv – *effektiv*?«

»Ich untersuche den Mord an Professor Kaiser.«

»Ja ...« In seinem Gesicht zuckte es. »Das hat uns alle ...« Er lehnte sich zurück, das Zucken wurde stärker. »Ah ... ah ...«, er überdeckte das folgende Wort mit einem Husten, es hatte wie *Arschgesicht* geklungen, »... alle hart getroffen.«

Langsam verstand ich, was die Sekretärin meinte. »Ist Ihnen nicht gut?«

Das Zucken hörte auf. »Kein Problem. Tourette. Monsieur Gilles de la Tourette, das Tourette'sche Syndrom. Ich bin ein Touretter. Schon mal davon gehört?«

Ich hatte eine leise Ahnung.

»Ticks, körperliche und sprachliche«, erklärte er. »Koprolalie. Wenn ich schweinische Sachen sage ... *Lutschmichbaby* ..., dann dürfen Sie das nicht persönlich nehmen.«

»Verstehe.«

»Der Hypothalamus tickt nicht richtig, das Althirn, der Mandelkern. Der Urmensch bricht in mir durch. Das Es, wie Freud sagen würde, gewinnt die Oberhand. Ich denke, Tourette lenkt. Aber geistig bin ich völlig klar.«

»Gut zu hören.«

Er machte eine schwungvolle Bewegung mit dem rechten Arm, begann dann wieder zu trommeln, stoppte das Trommeln jedoch mit einem gezielten Schlag der linken auf die rechte Hand.

»Bei Aufregung wird's schlimmer. Was die Parkinson-Leute zu wenig haben, haben wir zu viel ... *Dopamin*. Ich könnte mich mit Dämpfern voll stopfen, aber dann bewege ich mich nicht nur in *Slomo ... Lomo Lutschmichlionel* ... ich denke auch so. Fühlt sich ekelhaft an. Außerdem mag ich meine gewagten Bewegungen und meine touretteschen Assoziationen, auch wenn sich manchmal ein Wort im Gehirn verhakt ... *verdammte Hacke*. Soweit ich weiß, Sam-Philip, ist Mord eine Sache für die Polizei.«

»Ich habe einen Klienten, der in die Sache involviert ist.«

»Einen Klienten?« Er lachte zuckend. »Nicht vielleicht eine Klientin? Unsere gute Marie, die Witwe?«

»Wie kommen Sie darauf?«

»Alle haben es gewusst, nur die liebe alte Marie nicht ... *verfickt*.«

»Was gewusst?«

»Dass der alte Kaiser allem, was ... *Muschi* ... weiblich war, an die Wäsche ging.«

»Und Sie hat das nicht gestört?«

»Bin ich weiblich, Hercule? Nein, ich bin männlich, durch und durch. Mein Tourette macht mich sogar noch männlicher. Meine Wäsche interessierte Kaiser nicht. Er hat mich als Assistenten durchgesetzt, gegen erheblichen Widerstand im Fachbereich. Einen Verrückten, einen Irren, inkompatibel mit der ordentlichen, moralisch einwandfreien Menschheit, den armen, erziehungsbefohlenen Studenten. Das rechne ich Kaiser hoch an, dafür bin ich ihm dankbar.«

»Sie mochten ihn also?«

»Gut kombiniert, Lew. Er war ein Freund – wie sagt man so schön? –, ein väterlicher Freund. Außerdem hatten wir eine gemeinsame Leidenschaft. Das wird Sie begeistern, Pepe: Geheimsprachen. Kaisers Forschungsgebiet. Ich habilitiere über Masematte ... *matte Latte ... latte machiato ...*«

Was ich über Masematte wusste, beschränkte sich auf die wenigen Begriffe, die in das münstersche Alltagsdeutsch übergegangen waren und die außerhalb von Münster niemand verstand: *jovel*, *schofel*, *hamel*, *Leeze*.

Weichert winkte ab. Und wenn er abwinkte, sah das aus wie eine halbe Pirouette. »Jugendsprache. Das ist nichts. Masematte ist eine tote Sprache, leider. Es gibt noch ein paar Originalsprecher, aber die reden nicht einmal mehr untereinander in Masematte. Dabei ist Masematte eine wunderbare Sprache, der Wortschatz entstammt der Gaunersprache Rotwelsch, dem Jiddischen, den Zigeunersprachen Sintes und Romanes, aber auch dem westfälischen Platt.« Weichert wirkte plötzlich ruhig und konzentriert. »Eine echte Geheimsprache, die von den Pferdehändlern an der Wolbecker Straße gesprochen wurde, den Arbeitern im Baugewerbe, den *Speismakeimern*, geografisch begrenzt auf vier Arbeiterviertel in Münster. Mal angenommen, ein fremder Vier-Zentner-Mann, der sich unbeliebt gemacht hatte, kam in eine Kneipe. Um keine Schlägerei zu provozieren, sagte man nicht: *Guck mal, der Dicke da, der taugt nichts*, sondern: *Roin den schummen seeger, der ist schofel.*«

Weichert lächelte versonnen. »Heute wird Masematte nur noch von ein paar Journalisten und Wissenschaftlern geschrieben. Geschrieben, nicht gesprochen, dabei existierte Masematte nie als Schriftsprache. Es gibt sogar Wortneuschöpfungen. Wissen Sie, was Imbissbude auf Masematte heißt?«

»Nein.«

»*Tackoachillekabache.* Aber das ist Schnickschnack.« Er begann zu trommeln, erneut im Fünferrhythmus. »Ich fürchte, ich langweile Sie. Eigentlich sind Sie doch hier, um zu erfahren, wer Kaiser umgebracht haben könnte, oder nicht?«

»Wissen Sie es denn?«

»Nein, sonst hätte ich es schon der Polizei erzählt.«

Die Tür ging auf, und eine Frau im schwarzen Kleid kam herein. Ich erkannte sie sofort wieder. Am Tag zuvor, im Zimmer von Professor Kaiser, hatte sie einen grauen Rock und eine weiße Bluse getragen.

»Svenni, ich muss ...« Sie entdeckte mich.

»Viola, meine violette Gambe d'Amore«, rief Weichert aus. »*Lutschmichbaby.*«

»Später, Svenni«, sagte die Frau kühl. »Ich bin gerade nicht in Stimmung.«

»Darf ich dir Dr. Watson vorstellen, den Mann mit der Lupe?«

»Was soll der Quatsch?«

»Wilsberg«, sagte ich, »mein Name ist Wilsberg.«

»Er ist ein *private eye,* ein Schnüffler, ein Unterdenteppichgucker.«

»Und Sie sind Frau Dr. Kohlmann?«, fragte ich.

»Richtig«, antwortete sie genervt. »Svenni, wirf eine Haldol ein! Du musst das Oberseminar von Kaiser absagen. Ich bin fix und alle, ich habe tierische Kopfschmerzen, ich will nach Hause.«

»Zu Befehl, Herrin, du Herrscherin über meine kühnsten erotischen Träume.«

»Svenni!« Sie wandte sich ab und ging zur Tür. Heute trug sie das Haar offen.

Ich stand auf. »Kann ich Sie einen Moment sprechen, Frau Dr. Kohlmann?«

»Warum?« Sie drehte sich um. »Ich habe der Polizei schon alles gesagt. Ich glaube nicht, dass ich verpflichtet bin, einem Privatdetektiv Auskunft zu erteilen.«

»Wir könnten über das reden, was ich gestern gesehen habe.«

»Was habe ich damit zu tun?«

»Ich habe das Zimmer von Professor Kaiser beobachtet und Fotos gemacht.«

Sie starrte mich erstaunt an. »Die Sie der Polizei gegeben haben?«

»Ja.«

Das Erstaunen verwandelte sich in Ärger, zwischen ihren Augenbrauen wurde eine Falte sichtbar. »Deshalb haben mich die Polizisten so komisch angeguckt. Sie sind ein ...«

Weichert war um seinen Schreibtisch herumgekommen und tippte mir leicht auf die Schulter. Es fühlte sich an wie das Picken eines kleinen Vogels und irritierte mich enorm.

»Fotos? Habe ich etwas verpasst? Viola und Kaiser, tête-à-tête?«

»Na schön«, sagte Viola Kohlmann zu mir. »Ich könnte einen Kaffee vertragen. Und, Svenni: Denk an das Oberseminar! Sag den Studenten einfach, was passiert ist, falls sie es noch nicht wissen, und schick sie nach Hause!«

»Wie Sie wünschen, Herrin.« Weichert verbeugte sich tief und tippte ihr gegen das Knie.

»Gehen wir?« Der Vorschlag galt mir. Ohne eine Antwort abzuwarten, öffnete Kohlmann die Tür und verschwand in den Flur.

Ich verabschiedete mich von Weichert und folgte ihr.

»Grüßen Sie Sherlock von mir!«, rief er mir nach. *»Bärlock, Silberlocke, Sackgesicht.«*

Die Assistentin war bereits ein Stück voraus, ich hatte Mühe, mit ihrem Tempo Schritt zu halten. Schweigend strebten wir über den langen Flur.

»Wo möchten Sie den Kaffee trinken?«, fragte ich, um das Gespräch wieder in Gang zu bringen.

»Nicht hier«, sagte sie barsch. »Ich muss raus aus diesem Gebäude.«

Ein großer, hagerer Mann mit halblangen grauen Haaren und Spitzbart trat aus einer Seitentür. Als er meine Begleiterin sah, breitete sich ein öliges Lächeln auf seinem Gesicht aus.

»Mein Beileid, Frau Dr. Kohlmann.«

»Vielen Dank«, antwortete sie patzig.

»Kaisers Tod hat Sie sicher hart getroffen.«

»Uns alle.«

»Natürlich. Aber für Sie heißt es jetzt, sich völlig neu zu orientieren.«

»Da vertraue ich ganz auf meine Fähigkeiten, Herr Professor.«

»O ja, Ihre enormen Fähigkeiten sind bekannt.« Er strich sich süffisant über den Spitzbart. »Ich habe bereits mit dem Dekan gesprochen. So, wie es aussieht, werde ich Kaisers Bereich verwalten, bis die Nachfolge geregelt ist. Das heißt, in nächster Zukunft werden wir sehr eng zusammenarbeiten.«

»Ich freue mich darauf, Herr Professor.«

»Ich auch«, grinste der Grauhaarige.

»Wer war das?«, fragte ich, als wir ein Stück entfernt waren.

»Professor Varnholt«, sagte Kohlmann mit einem Seufzer. »Eine der Ursachen für meine Kopfschmerzen. Er und Kaiser waren Intimfeinde.«

»Warum?«

»Sind Gründe nötig, wenn zwei Egomanen aufeinander treffen? Sie haben sich alles missgönnt, was möglich war: Veröffentlichungen, Ruhm, Anerkennung, Etats, Assistentenstellen. Varnholt lästerte ständig über Kaisers Forschungen.«

»Die Geheimsprachen«, warf ich ein.

»Hat Weichert Ihnen davon erzählt? Varnholt meinte, das sei Orchideenforschung. Und er meinte es nicht nur, er sagte es auch bei jeder Gelegenheit. Mit der Folge, dass Kaiser ihn verklagt hat, wegen Beleidigung und übler Nachrede. Varnholt rächte sich mit Gegenklagen. Der Dekan war zeitweilig der Verzweiflung nahe, am liebsten hätte er beide in die Wüste geschickt. Aber Lehrstuhlinhaber müssen schon mehr als einen silbernen Löffel klauen, bevor Konsequenzen gezogen werden. Solange Kaiser gelebt hat, war mir das egal, ich konnte mich hinter seinem Rücken verstecken. Aber jetzt wird Varnholt seinen Hass an Weichert und mir auslassen.« Sie seufzte erneut. »Zum Glück bin ich bald weg.«

»Sie wollen Münster verlassen?«

»Ja, ich habe eine C2-Stelle in Leipzig in Aussicht.« Mit hörbarem Stolz fügte sie hinzu: »Ich bin habilitiert, auch wenn das heutzutage und vor allem in den Geisteswissenschaften nicht allzu viel bedeutet.« Sie lächelte. »In Münster gibt es schon eine Selbsthilfegruppe arbeitsloser Privatdozenten.« Sie schüttelte den Kopf. »Nur um den armen Sven tut's mir Leid. Er wird bei Varnholt unter die Räder kommen.«

Wir verließen das Gebäude. Drinnen war es angenehm kühl gewesen, draußen brannte die Sonne vom Himmel. In wenigen Stunden würde die Hitze wieder ihre Backofenqualität der Vortage erreichen.

Kohlmann blieb stehen. »Heute ist Markt. Sollen wir zum Kaffeestand gehen?«

»Meinetwegen.« Ein klimatisiertes Café wäre mir lieber gewesen.

Wir schlenderten um die Petrikirche herum. Auf der linken Seite, hinter der Steinskulptur von Ulrich Rückriem, lagen Studenten auf der Wiese und dachten über ihre Klausuren nach – oder auch nicht.

Kohlmann hatte ihre Eile abgelegt. Sie hielt ihr Gesicht in die Sonne und schien die intensive UV-Strahlung zu genießen. »Wie hat Ihnen Weicherts Freakshow gefallen?«

»Er ist ein wenig gewöhnungsbedürftig.«

»Ja.« Sie lachte. »Die erste Begegnung kann leicht zum Kulturschock werden. Er hat mehr Ticks als eine Uhr. Man sollte ihn jedoch nicht unterschätzen. Sven ist ein ungeheuer intelligenter und sehr belesener Mensch. Seine Ticks verschwinden völlig, wenn er arbeitet oder Musik macht. Er kann hervorragend Saxofon spielen. An schlimmen Tagen, so wie heute, ist er allerdings eine Plage.«

Wir stiegen die Treppen des Jesuitengangs hinauf, überquerten die Straße zwischen Landesmuseum und Domplatz und stürzten uns in das Getümmel der Marktkäufer.

Kohlmann blieb vor einem Blumenstand stehen. »Ich finde den Markt wunderbar. Wann immer ich kann, kaufe ich hier ein.«

Ich kaufte lieber im Supermarkt, da musste man sich wenigstens nur einmal, nämlich an der Kasse, anstellen.

»Beschäftigen Sie sich auch mit Geheimsprachen?«, lenkte ich das Gespräch zu einem Thema, das mich mehr interessierte.

»Natürlich.« Sie vergaß die Blumen. »Wer bei Kaiser etwas werden wollte, musste sich in seinem Forschungsgebiet engagieren. Und ich bin ganz und gar nicht Varnholts Meinung. Geheimsprachen sind ein weitgehend unentdeckter Schatz, viele von ihnen drohen in Vergessenheit zu geraten oder sind bereits verloren. Unser Institut in Münster leistet zusammen mit wenigen anderen Forschungseinrichtungen auf der Welt spracharchäologische Arbeit.«

»Gibt es denn so viele Geheimsprachen?«

»Es gibt tausende. Am bekanntesten sind die beim Militär oder in der Spionage verwendeten. Denken Sie an die Enigma der deutschen U-Boot-Flotte! Aber kaum jemand weiß, dass die US-Amerikaner während des Zweiten Weltkriegs Indianersprachen als Geheimcode benutzten. Die Marine setzte Navajos ein, die Armee Comanchen. Die Indianer kommunizierten verbal, per Sprechfunk, miteinander, nie wurde auch nur ein einziges Wort aufgeschrieben. Für Begriffe, die in den Indianersprachen nicht existierten, wurden Synonyme gebildet. Ein Panzer war eine *Schildkröte,* und wenn Bomber im Anflug waren, hieß das: *Hoch fliegende Schwangere greifen an.* Nett, nicht? Jedenfalls ist es den Deutschen und Japanern bis Kriegsende nicht gelungen, den Code zu knacken. Erst vor einigen Jahren wurde das Geheimnis gelüftet und den überlebenden Indianern öffentliche Anerkennung zuteil.«

Kohlmanns Begeisterung ähnelte der von Weichert. Beide schienen in ihrer Arbeit aufzugehen.

»Abgesehen vom Militär- und Geheimdienstkomplex«, redete die Wissenschaftlerin weiter, »gibt es Geheimsprachen in fast allen gesellschaftlichen Bereichen. So entwickelten Hamburger Werftarbeiter Anfang des 20. Jahrhunderts eine eigene Sprache, indem sie helle Vokale an die Wortendungen hängten, um sich im Arbeitslärm besser verständigen zu können. Eine sehr witzige Sprache, die noch auf Schallplatten erhalten ist.«

Endlich hatten wir uns durch die engen Marktreihen gekämpft und den Kaffeestand erreicht, der vor dem Denkmal Kardinal von Galens im Schatten des Paulus-Doms errichtet war. Wir kauften zwei Becher Kaffee und stellten uns an einen der kleinen Holztische.

Viola Kohlmann fegte ihre Haare mit einer Handbewegung aus dem Gesicht. Sie sah Marie Kaiser ähnlich, wirkte jedoch härter und entschlossener.

Kohlmann bemerkte, dass ich sie musterte. »Was haben Sie mit den Fotos vor?«, fragte sie unvermittelt.

»Nichts.« Ich sagte ihr nicht, dass die Polizei die Kamera konfisziert und ich keine Verfügungsgewalt über die Fotos hatte. Ein kleines Druckmittel konnte nicht schaden.

Die Frau schaute mich intensiv an. »Ich möchte nicht, dass mein Mann von der Sache erfährt.«

»Ich sehe keine Veranlassung, es ihm zu sagen.«

»Er hat keine Ahnung, was zwischen mir und Kaiser gelaufen ist. Und jetzt, wo Kaiser tot ist, braucht er es erst recht nicht zu wissen. Meine Ehe ist mir sehr wichtig, ich will sie nicht gefährden.«

»Was ist denn zwischen Ihnen und Kaiser gelaufen?«

Sie schnaufte. »Ich denke, Sie haben Kaiser beobachtet. Dann müssten Sie es doch wissen.«

»Haben Sie auch mit ihm geschlafen?«

»Am Anfang, ja«, sagte sie abwehrend. »Später ist es mir gelungen, ihn darauf zu beschränken, ab und zu handgreiflich zu werden. Er hatte ja genug Ablenkung.« Sie nahm einen Schluck Kaffee. »Und jetzt kommen Sie bloß nicht mit moralischen Argumenten.«

»Sehe ich so aus?«

»Marie hat es doch nicht anders gemacht«, platzte es wütend aus ihr heraus. »Nur hatte ich nicht vor, mich als Hausfrau und Mutter zur Ruhe zu setzen. Ich will an der Uni Karriere machen und dazu brauchte ich Kaisers Hilfe. Er hat sich dafür eingesetzt, dass ich die Stelle in Leipzig bekomme. Dass ich habilitiert bin, ist das eine, doch eine Professorenstelle bekommt man nur durch Beziehungen. Beziehungen sind das A und O.«

»Verstehe.«

»Ach ja?«, knurrte sie. »Ich kenne genug Männer, die ihren Chefs in den Arsch kriechen.«

Ganz offensichtlich hatte sie größere Probleme mit ihrer Rolle, als sie zugeben wollte. Ich schaute auf meine Uhr, es war schon nach elf.

»Tut mir Leid, ich habe einen Termin. Vielleicht können wir unser Gespräch ein anderes Mal fortsetzen.«

Sie verzog den Mund zu einem schiefen Grinsen. »Wenn's sein muss.«

IV

Ich kam fünf Minuten zu spät. Marie Kaiser und Franka standen vor der Tür des Polizeipräsidiums und betrieben, nach ihrer Körpersprache zu urteilen, unterkühlten Smalltalk. Als Marie mich sah, zog sie mich ein Stück zur Seite.

»Herr Wilsberg, Sie haben von einer jungen Anwältin gesprochen. Aber Sie haben nicht gesagt, dass sie *so* jung ist. Sie hat nicht einmal eine Zulassung als Rechtsanwältin.«

»Sie arbeitet in der Kanzlei eines erfahrenen Strafverteidigers«, beruhigte ich sie. »Falls es Komplikationen gibt, wird er sich einschalten. Im Übrigen kenne ich Franka Holtgreve seit vielen Jahren. Sie ist eine gute Juristin und versiert in Kriminalfällen.«

»Woher wissen Sie das so genau?«

»Weil sie seit ihrem achtzehnten Lebensjahr in meinem Detektivbüro gearbeitet hat. Und außerdem habe ich selbst eine abgeschlossene Juristenausbildung.«

»Und warum vertreten *Sie* mich dann nicht?«

»Weil ich keine Zulassung mehr habe. Aber ich werde immer in der Nähe sein und Franka notfalls unterstützen.«

»Na schön«, sagte Marie. »Ich weiß nicht warum, aber ich vertraue Ihnen.«

»Dann haben wir das ja geklärt.«

Wir gingen zu Franka, die sich nichts anmerken ließ.

Ich nickte Franka zu. »Wir können anfangen.«

»Okay«, wandte sich meine ehemalige Assistentin an die Witwe. »Zunächst einmal möchte ich wissen, ob Sie überhaupt aussagen wollen.«

»Selbstverständlich, ich habe ja nichts zu verbergen.«

»Und Sie bleiben bei Ihrer Version von gestern?«

»Natürlich, das ist ja die Wahrheit.«

»Dann erzählen Sie die Geschichte auch genau so, wie sie Hauptkommissar Stürzenbecher schon einmal gehört hat. Wir alle kennen das Phänomen, dass eine Geschichte anders klingt, wenn wir sie zum zweiten Mal erzählen. Vermeiden Sie unnötige Ausschmückungen. Stürzenbecher wird auf diese kleinen Widersprüche achten und so lange bohren, bis Sie selbst nicht mehr wissen, was Sie gesagt haben. Falls Sie bei einer Antwort unsicher sind, erbitten Sie eine Auszeit, während der wir uns beraten können. Besser keine Antwort als eine falsche.«

»Das klingt ja so, als ob ich beschuldigt werde«, protestierte Marie.

»Das kann leicht passieren«, warf ich ein. »Als Witwe stehen Sie von vorneherein auf der Liste der Verdächtigen.«

»Aber …«

»Das hat erst einmal nicht viel zu bedeuten«, fuhr ich fort. »Bis jetzt ist es eine Zeugenvernehmung. Sobald der vernehmende Beamte den Verdacht hat, dass Sie an der Tat beteiligt sein könnten, muss er Ihnen das mitteilen. Denn als Zeugin sind Sie zur Wahrheit verpflichtet, als Beschuldigte nicht.«

»Falls es dazu kommt, werden wir die Vernehmung sofort abbrechen«, erklärte Franka. »Dann müssen wir eine neue Strategie entwickeln.«

Marie Kaiser ließ sich das durch den Kopf gehen. Langsam begriff sie, dass sie nicht zu einer simplen Unterhaltung eingeladen war.

Nachdem wir noch einige Verfahrensfragen geklärt hatten, meldeten wir uns an der Pforte an und fuhren mit dem Lift in die Etage, in der sich Stürzenbechers Büro befand.

Stürzenbecher hatte sein legeres Outfit abgelegt. Er trug wieder Schlips und war rasiert. Den Mallorca-Urlaub hatte er sich wohl endgültig abgeschminkt.

Stürzenbecher schüttelte Marie Kaiser die Hand, dann betrachtete er Franka und mich mit unverhohlenem Missfallen. »Ich hatte keine Delegation erwartet.«

»Ich bin die Anwältin von Frau Kaiser«, sagte Franka und reichte dem Hauptkommissar ihre Karte.

Stürzenbecher starrte auf die Karte. Auch er kannte Franka seit vielen Jahren und brauchte einen Moment, bis er begriff, dass sie jetzt zu der Berufskaste gehörte, die Kriminalbeamte am wenigsten leiden können, mal abgesehen von Privatdetektiven.

»Und ich der juristische Berater der Anwältin Holtgreve«, fügte ich hinzu.

»Na klasse«, sagte Stürzenbecher, »dann will ich mich mal nach einem Konferenzsaal umsehen, in dem wir alle Platz finden.«

Tatsächlich war es nur ein normaler Vernehmungsraum mit kahlen Wänden und ungemütlicher Deckenbeleuchtung. Stürzenbecher hatte sich Kommissarin Brünstrup, die Frau mit dem Pferdeschwanz, zur Verstärkung geholt und diktierte zu Beginn das Datum und die Uhrzeit in das auf dem Tisch stehende Aufnahmegerät. Anschließend nahm er die Personalien von Marie Kaiser auf, einschließlich Geburtsname, Geschwister, Kinder, Familienverhältnisse. »Günter Kaiser war in zweiter Ehe mit Ihnen verheiratet?«

Marie bejahte.

»Was wissen Sie über die erste Ehefrau?«

»Nicht viel, abgesehen davon, dass sie mit Vornamen Eva heißt. Ich habe sie nie getroffen, Günter hat nicht von ihr gesprochen, sie hat auch nicht angerufen.«

»Wohnt die Exfrau in Münster?«

Marie zuckte mit den Schultern. »Da müssen Sie Daniel fragen, Günters Sohn aus erster Ehe.«

»Hatte Ihr Mann noch andere Kinder aus früheren Beziehungen?«

»Nein, nur Daniel. Und Daniel wohnt in Münster, glaube ich.«

»Zu Daniel haben Sie also auch keinen näheren Kontakt?«

»Nein.«

Stürzenbecher machte eine Notiz auf seinem Block. »Frau Kaiser, hat Ihr Mann eine testamentarische Verfügung hinterlassen?«

»Ja. Daniel erhält seinen Pflichtanteil, der Rest, im Wesentlichen das Haus, geht zu gleichen Teilen an unsere Kinder und mich. Bis zum 24. Geburtstag von Nike und Wotan verwalte ich ihren Anteil.«

»Und seine Exfrau erhält nichts?«

»Nein, die Unterhalts- und Vermögensfragen sind bei der Scheidung geklärt worden.«

»Sie brauchen sich um Ihre finanzielle Zukunft also keine großen Sorgen zu machen?«

Marie schnaubte. »Was für eine Frage, Herr Hauptkommissar! Ich stehe vor dem Nichts. Ich habe zwar einen Doktortitel, aber keinen Beruf. Natürlich stürze ich nicht in die Armut, aber das Bankkonto meines Mannes und seine Lebensversicherung werden nicht ewig reichen. Ich habe noch keine Ahnung, was ich machen werde, um mich und meine Kinder zu ernähren.«

Stürzenbecher entschuldigte sich halbherzig, seine Frage sei wohl missverständlich gewesen.

»Kommen wir zu einem anderen Punkt.« Er faltete seine Hände. »Wie haben Sie Ihren Mann kennen gelernt?«

»An der Uni. Ich habe bei ihm studiert und auch promoviert.«

»Hatte er schon damals andere … Beziehungen?«

»Vermutlich«, sagte Marie leise.

»Bitte sprechen Sie laut und deutlich, damit wir Ihre Antworten auf Band haben!«

»Vermutlich«, wiederholte Marie lauter.

»Vermuten Sie es nur oder wissen Sie es?«

»Na ja, es wurde viel getratscht, am meisten von denen, für die sich Günter bestimmt nicht interessiert hat. Das ist doch normal, das gibt es in jedem Betrieb.«

»Und das hat Sie nicht gestört?«

»Er hat mir damals erklärt, dass seine Ehe absolut frustrierend sei, dass er seit Jahren nicht mehr mit seiner Frau geschlafen habe. Und dass er unsterblich in mich verliebt sei und mich heiraten wolle. Danach werde sich alles ändern, er werde mir bis ans Lebensende treu bleiben.«

»Das haben Sie ihm geglaubt?«

»Offensichtlich.«

»Bitte antworten Sie klar und eindeutig!«

Marie schaute zu mir. Ich nickte.

»Ja, das habe ich ihm geglaubt. Auch wenn Sie es nicht für möglich halten, Herr Hauptkommissar: Ich habe meinen Mann geliebt.«

Stürzenbecher reagierte nicht auf ihre Bemerkung. »Bis wann haben Sie ihm geglaubt?«

»Bis vor kurzem.«

»Wie sind Sie auf die Idee gekommen, dass er lügt?«

»Das habe ich Ihnen doch schon gestern erzählt«, sagte die Witwe genervt.

»Dann sagen Sie es noch einmal!«

»Es waren kleine Dinge. Dass er Telefongespräche abbrach, wenn ich den Raum betrat, dass er regelmäßig zu spät von der Uni heimkam und immer erst unter die Dusche ging.«

»Dinge, die Ihnen vorher nicht aufgefallen waren?«

»Nein.«

»Frau Kaiser«, Stürzenbecher machte eine Pause, um seinen Worten mehr Bedeutung zu verschaffen, »nach unseren bisherigen Ermittlungen hat Ihr Mann sein Verhalten nie geändert. Wir haben noch längst keinen genauen Überblick, auf jeden Fall scheint die Zahl seiner Affären beträchtlich gewesen zu sein.«

Marie blieb cool. »Dann habe ich mich eben blenden lassen. Vielleicht wollte ich, dass wir eine normale, glückliche Familie sind.«

»Das glaube ich Ihnen nicht«, schaltete sich Kommissarin Brünstrup ein. »Jede Frau spürt doch, wenn ihr Mann fremdgeht. Sie können mir nicht erzählen, dass Sie in all den Jahren nichts gemerkt haben.«

»Die Frage ist unzulässig«, meldete sich Franka. »Frau Brünstrup argumentiert mit ihrem Instinkt, den sie für allgemeingültig hält. Oder haben Sie Beweise, dass meine Mandantin die Unwahrheit sagt?«

»Wir ziehen die Bemerkung zurück«, glättete Stürzenbecher die Wogen.

Brünstrup schmollte.

»Was mich nur stutzig macht«, fuhr Stürzenbecher mit betont freundlicher Stimme fort, »ist die Koinzidenz der Ereignisse. Sie beauftragen Herrn Wilsberg, Ihren Mann zu beobachten, und gleichzeitig wird Ihr Mann erschossen.«

»Na und?«, fragte Marie.

»Ein Zufall«, bemerkte ich. »Was spricht dagegen?«

»Dass ich nicht an Zufälle glaube«, knurrte Stürzenbecher.

»Andersherum gefragt«, konterte ich, »habt ihr irgendeinen Hinweis, dass Frau Kaiser am Tod Ihres Mannes beteiligt war? Ihr glaubt doch nicht ernsthaft, dass sie mit einem Scharfschützengewehr Ihren Mann erschossen hat?«

»Es gibt noch eine Menge anderer Möglichkeiten.«

»Es gibt auch eine Menge anderer möglicher Täter.«

»Wir werden allen Spuren nachgehen. Und noch stellen wir hier die Fragen«, polterte Stürzenbecher.

»Darf ich aus Ihrer Bemerkung schließen, dass Sie meine Mandantin verdächtigen?«, erkundigte sich Franka.

»Nein, das dürfen Sie nicht«, fauchte Stürzenbecher. »Es handelt sich immer noch um eine Zeugenvernehmung.«

»Bitte! Ich möchte nicht, dass meinetwegen Streit entsteht«, sagte Marie. »Stellen Sie Ihre Fragen! Deshalb bin ich ja hier.«

Ihre Fassung war bewundernswert.

»Wo waren Sie gestern um siebzehn Uhr?«

»Als Günter erschossen wurde?«

Stürzenbecher antwortete nicht.

»Da war ich zu Hause, bei meinen Kindern.«

»Hat Sie jemand gesehen?«

»Ja sicher, meine Kinder.«

Stürzenbecher seufzte. »Ihre Kinder sind fünf und drei Jahre alt.«

»Alt genug, Ihnen zu bestätigen, dass ich nicht weggegangen bin.«

»Daran zweifle ich nicht. Haben Sie vielleicht einen Anruf erhalten oder selbst jemanden angerufen?«

»Nein, es war ein ... fast hätte ich gesagt: ruhiger Nachmittag.«

Stürzenbecher hackte nicht weiter auf dem porösen Alibi herum. Und bald wurde klar, dass er keine unbekannten Pfeile im Köcher hatte.

In der nächsten Stunde loteten die beiden Polizisten die gesellschaftlichen Kontakte der Familie aus, fragten nach den Arbeitsbeziehungen von Professor Kaiser und den Streitereien im Fachbereich, über die ich inzwischen besser informiert war als Marie. Dann war die Vernehmung beendet.

»Das war's dann wohl«, sagte Marie, als wir wieder auf der Straße standen.

»Da wäre ich nicht so sicher«, bemerkte ich.

»Ich hatte mir die Vernehmung schlimmer vorgestellt, Sie haben mir vorher richtig Angst gemacht. Dabei ist dieser Hauptkommissar Stürzenbecher doch eigentlich ein ganz netter Mensch.«

»Sicher. Aber er denkt wie ein Polizist.«

»Ich glaube, Sie sehen Gespenster.«

»Wie Sie meinen.« Ich war müde und hungrig und von der Sonne hatte ich auch genug. »Ich will mich nicht aufdrängen. Wenn Sie ohne uns klarkommen, ist das in Ordnung. Ich schicke Ihnen eine Rechnung und die Sache ist erledigt.«

»Nein, ich ... Ich weiß nicht. Ich muss darüber nachdenken. Es ist seit gestern so viel auf mich eingestürzt.«

»Rufen Sie mich an, wenn Sie klarer sehen«, schlug ich vor.

»Meine Karte haben Sie ja«, sagte Franka.

Marie lächelte. »Ich will nicht undankbar erscheinen. Sie waren wirklich eine große Hilfe.«

Wir sahen zu, wie sie zu ihrem Minivan ging.

»Und trotzdem ist an ihrer Geschichte etwas faul«, meinte Franka.

Ich gähnte. »Vielleicht sehen wir beide Gespenster.«

So verbrachte ich einen ruhigen, schattigen Nachmittag. Irgendwann raffte ich mich auf, um im Supermarkt einzukaufen, und belohnte mich anschließend mit einem Eiskaffee in der Eisdiele an der Kreuzkirche. Später wärmte ich eine Tiefkühlpizza auf und überlegte, ob ich den Abend vor dem Fernseher oder mit einem Buch verbringen sollte. Ich entschied mich für das kulturell höherwertige Programm und setzte mich mit einem Roman und einer Zigarre auf den Balkon.

Marie rief nicht an – bis gegen einundzwanzig Uhr.

»Herr Wilsberg«, flüsterte sie, »ich glaube, es ist jemand im Keller. Ich habe die Kinder zu meiner Mutter gebracht und bin gerade erst zurückgekommen.«

»Verlassen Sie sofort das Haus!«, sagte ich. »Ich rufe die Polizei an.«

»Vielleicht bilde ich mir das auch nur ein und es ist ein Kellerfenster, das im Wind klappert. Können Sie nicht kommen und nachsehen?«

Ich überlegte kurz. »Gut, ich komme. Verlassen Sie trotzdem das Haus! Setzen Sie sich in Ihren Wagen! Ich bin in einer Viertelstunde da.«

Das Abendgewitter, das sich gestern verzogen hatte,

kündigte sich erneut mit heftigen Windböen an. Die These vom klappernden Kellerfenster war also nicht ganz unrealistisch.

Auf den abendlich leeren Straßen brauchte ich nur zehn Minuten bis Gievenbeck. Ich parkte hinter dem Minivan, holte einen längeren Schraubenschlüssel aus dem Kofferraum und ging zur Fahrerseite des Autos von Marie Kaiser.

Sie ließ das Seitenfenster herunter. »Vielen Dank, dass Sie sich so viel Mühe machen. Ich hoffe, es ist blinder Alarm. Bestimmt spielen mir nur meine Nerven einen Streich.«

Ich nickte. »Haben Sie seit unserem Telefongespräch etwas bemerkt?«

»Nein.« Sie reichte mir den Hausschlüssel. »Die Kellertür ist nicht verschlossen.«

»Rufen Sie mich in fünf Minuten auf meinem Handy an!« Ich gab ihr die Nummer. »Falls ich mich nicht melde, verständigen Sie sofort die Polizei!«

Sie versprach es.

Ich schloss die Haustür auf. Vom Flur aus führte eine Treppe nach unten, zur Kellertür. Durch das Schlüsselloch sah ich, dass im Untergeschoss Licht brannte, und als ich ein Ohr gegen die Tür presste, hörte ich Geräusche, die wenig mit einem klappernden Kellerfenster gemein hatten. Natürlich hätte ich jetzt einfach die Polizei anrufen können. Aber gelegentlich, vor allem in der Nähe einer schönen Frau, packte auch mich das Bedürfnis, mutig zu wirken. Ich wischte die schweißfeuchte Hand an der Hose ab und umfasste den Schraubenschlüssel fester. Dann öffnete ich mit der linken Hand die Tür.

Auf der anderen Seite des Raumes wühlte ein Mann in

einer großen Kiste. Der Mann richtete sich auf. Er war etwa Mitte dreißig, schlank, bebrillt und sah nicht aus wie ein gewöhnlicher Einbrecher, eher wie ein Einbrecher mit akademischem Titel. In seinem Blick lag Überraschung, aber keine Spur von Angst.

»Wer sind Sie?«, fragte ich scharf.

»Was geht Sie das an?« Er beugte sich wieder über die Kiste. »Sind Sie der neue Lover von Marie?«

»Wie Sie wollen.« Ich zog das Handy aus der Tasche. »Dann rufe ich eben die Polizei an.«

»Warten Sie!« Er kam mir einen Schritt entgegen. »Das da gehört mir.« Er deutete auf die Kiste.

»Wie kommen Sie darauf?«

»Ich bin Daniel Kaiser. Mein Vater hätte sicher gewollt, dass ich sein Archiv bekomme. Marie kann damit sowieso nichts anfangen.«

»Wie sind Sie hier hereingekommen?«

Er kam mir zwei weitere Schritte entgegen.

»Bleiben Sie stehen!«, sagte ich drohend.

Er lachte hektisch. »Ist ja schon gut. Ich bin kein Einbrecher.«

»Natürlich sind Sie das«, stellte ich fest. »Sie sind in dieses Haus eingedrungen und beabsichtigen, Gegenstände zu entwenden. Das ist eine Straftat, die mit Gefängnis geahndet wird.«

»Unsinn. Ich besitze einen Schlüssel. Schließlich habe ich hier mal gewohnt.«

Mein Handy klingelte. Es war Marie Kaiser.

»Es ist tatsächlich jemand hier«, sagte ich. »Er behauptet, er sei Daniel Kaiser.«

Der Mann schnaubte. »Ich behaupte es nicht, ich bin es.«

»Entscheiden Sie selbst, ob Sie ihn anzeigen wollen.«

»Wenn es wirklich Daniel ist …«, sagte sie unsicher. »Kann ich hereinkommen?«

Mein Gegenüber machte keinen besonders gefährlichen Eindruck. »Ich denke schon.«

»Also, haben wir das jetzt geklärt?«, fragte der Sohn des Professors. »Darf ich weitermachen?«

»Nein, das dürfen Sie nicht. Lassen Sie die Sachen da, wo sie sind, und gehen Sie brav die Treppe rauf!«

»Spielen Sie sich nicht als Hausmeister auf!«, fuhr er mich an. »Mein Vater hat wertvolle Dokumente gesammelt. Sollen die in einem Keller vermodern? Ich bin Wissenschaftler, ich kann damit etwas anfangen. Marie hat doch keine Ahnung, welche Schätze hier lagern.«

»Ihr Vater hat ein Testament hinterlassen, in dem seine Erbschaft geregelt ist. Bis dahin werden Sie sich gedulden müssen.«

Er musterte mich und den Schraubenschlüssel. Schließlich sah er ein, dass ich die schlagkräftigeren Argumente hatte. Wir stiegen die Treppe hinauf.

Marie stand bereits im Flur. »Daniel!«

Er schaute zur Seite.

»Wussten Sie, dass er einen Hausschlüssel besitzt?«, fragte ich Marie.

»Nein, das hätte Günter sicher nicht geduldet. Seitdem ich hier wohne, hat Daniel das Haus nicht betreten.«

»Also, woher haben Sie den Schlüssel?«, fragte ich den Professorensohn.

»Ich habe mir einen Nachschlüssel machen lassen, bevor ich meinen alten abgegeben habe. Ich war selbst erstaunt, dass der Schlüssel noch passt.«

Ich streckte die Hand aus. »Geben Sie mir den Schlüssel!«

Er griff in die Hosentasche und gab ihn mir.

»Wir können doch über alles reden«, sagte Marie.

Daniel heulte auf: »O ja, die verständnisvolle Stiefmutter. Die Nummer kannst du dir sparen. Wer ist denn diese Rausschmeißerfigur? Dein Liebhaber?«

»Sie gehen jetzt besser«, schlug ich vor.

Er hatte keine Einwände.

Ich begleitete ihn zur Tür. »Welche Beziehung hatten Sie eigentlich zu Ihrem Vater?«

»Beziehung?« Daniel drehte sich nicht um. »Wir hatten keine Beziehung.«

Als ich ins Wohnzimmer kam, lag Marie mit geschlossenen Augen auf dem Sofa.

»Oh, mein Gott! Das ist alles zu viel für mich.«

»Möchten Sie etwas trinken?«, fragte ich.

»Nein, das heißt ...« Sie richtete sich auf. »Ich glaube, ich möchte ein Glas Rotwein. Trinken Sie eins mit?«

»Bier wäre mir lieber.«

»Bier haben wir leider nicht im Haus. Günter und ich sind Weintrinker. Waren, meine ich.« Sie stutzte. »Wie sagt man ...«

»Denken Sie nicht drüber nach! Wo finde ich den Wein?«

»In dem Sideboard da drüben liegen ein paar Flaschen.«

Ich entkorkte eine Flasche Cabernet Sauvignon aus Umbrien, füllte zwei Gläser und setzte mich zu Marie.

»Welche Schätze liegen denn da unten im Keller?«

»Günter hat sich mit Geheimsprachen beschäftigt und alles gesammelt, was er in die Finger bekam: Tondokumente und schriftliche Zeugnisse. Das ganze Zeug müsste gesichtet und katalogisiert werden. Erst dann kann man den Wert bestimmen.«

»Und warum ist Daniel so scharf darauf?«

»Ach«, sie setzte das Glas ab, »das ist eine alte Geschichte. Vermutlich denkt er, er kann sich mit dem Material profilieren. Daniel hat immer darunter gelitten, dass sein Vater ihn nicht ernst genommen hat. Es ist nicht leicht, der Sohn eines bekannten Professors zu sein. Daniel hat in Germanistik promoviert, wie sein Vater. Aber für eine Hochschulkarriere hat's nicht gereicht. Soviel ich weiß, schlägt er sich mit Gelegenheitsjobs durch, arbeitet als Lektor in einem Druckkostenzuschussverlag und schreibt Werbetexte. Ich habe einige Male versucht, mit ihm Kontakt aufzunehmen, doch er hat abgeblockt. Ich war für ihn die Frau, die seine Mutter verdrängt hat, die Projektionsfläche seiner Lebensenttäuschung.« Sie schaute mich an. »Haben Sie Kinder?«

»Eine Tochter. Sie wird im nächsten Monat zehn.«

»Sie leben getrennt?«

»Wie kommen Sie darauf?«

»Intuition.« Sie lächelte. »Sie haben immer Zeit, wenn ich Sie anrufe. Ich höre keine Stimmen im Hintergrund, kein *Schatz, gehst du noch mal weg?*.«

»Sie haben Recht, wir leben getrennt, Sarah wächst bei ihrer Mutter auf.«

»Sehen Sie sie regelmäßig?«

»Jedes zweite Wochenende. Ich bemühe mich, an ihrem Leben teilzunehmen, aber es ist schwierig. Kinder sind sehr geschickt darin, Erwachsene gegeneinander auszuspielen.«

»Nicht, wenn sich die Eltern einig sind.«

»Dazu müsste ich mich mit meiner Exfrau besser verstehen.«

Draußen zuckten die ersten Blitze am Nachthimmel, der Donner war noch weit entfernt.

Ich trank mein Glas aus. Ein zweites konnte ich mir nicht erlauben, wenn ich noch nach Hause fahren wollte. Außerdem begann das Gespräch, mich zu deprimieren.

Ich stand auf. »Ich fahre dann mal.«

»Jetzt schon?«

»Ich denke, Sie haben nichts zu befürchten.«

Sie stand ebenfalls auf und stellte sich vor mich. »Können Sie nicht heute Nacht hier bleiben? Nur diese eine Nacht? Ich bin einfach ein bisschen ängstlich. Vielleicht hat Daniel ja noch einen zweiten Schlüssel.«

»Das halte ich für sehr unwahrscheinlich.«

»Bitte! Sie haben doch keine Verpflichtung, oder?«

Ich atmete aus. »Also gut, ich bleibe.«

Wir tranken noch ein zweites Glas und redeten über Kinder und die Welt. Dann half mir Marie, das Sofa in ein Schlafsofa zu verwandeln, gab mir Bettzeug und verschwand mit einem keuschen Gutenachtwunsch in die obere Etage. Zum Glück hatte ich immer ein Medikamentenset für solche Notfälle im Auto: Antihistamintabletten, Pillen gegen meinen überhöhten Cholesterinspiegel, eine Creme für meine neurodermitisgeplagte Haut, alles, was ich brauchte, um die Nacht zu überstehen.

Als ich endlich unter der dünnen Bettdecke lag, war meine Müdigkeit verflogen. Das Gewitter blitzte und donnerte jetzt direkt über dem Haus, kombiniert mit einem heftigen Regenschauer.

Ich dachte über Daniel Kaiser nach. Hatte er nicht auch ein Motiv für den Mord? Das klassische Motiv des Sohnes, der seinen übermächtigen, hartherzigen Vater beseitigen will? Und ich dachte über Marie Kaiser nach. Einerseits wirkte sie offen und ehrlich, andererseits konnte ich mich des Gefühls nicht erwehren, dass es noch eine unbekannte Dimension der Geschichte gab, die sie nicht preisgeben wollte.

Plötzlich öffnete sich die Tür. Ich brauchte nur eine Zehntelsekunde, um mich aufzurichten.

»Entschuldigung, ich wollte Sie nicht erschrecken.« Sie trug ein fast durchsichtiges Nachtkleid.

»Keine Ursache«, keuchte ich.

Sie kam näher. »Es ist blöd, ich weiß. Und wenn ich nicht so großes Vertrauen zu Ihnen hätte ...«

»Ja?«

»Ich kann nicht schlafen.«

»Ich auch nicht.«

»Darf ich mich fünf Minuten zu Ihnen legen? Verstehen Sie mich nicht falsch: Ich will nicht mit Ihnen schlafen. Ich möchte nur, dass Sie mich in den Arm nehmen.«

Sie war nach einer Minute eingeschlafen und ich war wacher, als ich jemals an diesem Tag gewesen war. Ihr Kopf lag auf meinem Arm, ihre rechte Brustwarze berührte meinen Oberkörper, wenn sie ausatmete, schmiegte sich ihr Bauch an meinen Oberschenkel. Sie roch nach einem Hauch Parfüm, gemischt mit einem Hauch Angstschweiß. Es kostete einige Überwindung, sie nicht anzufassen.

Als Antwort auf einen krachenden Donner stöhnte sie im Schlaf und rutschte noch näher an mich heran, wobei sie ein Bein auf meines schob. Ich griff zu meinem letzten Trick und versuchte mit komplizierten Rechenaufgaben, eine Erektion zu vermeiden. Nach einer halben Stunde wusste ich, dass ich so niemals einschlafen würde.

Vorsichtig und ganz langsam, sodass Marie nicht aufwachte, rutschte ich vom Sofa. Durch die Terrassentür trat ich in den Garten. Nach dem Gewitterschauer war die Luft angenehm frisch. Ich bemühte mich, an nichts zu denken, und nach einer Weile klappte es auch ganz gut. Dann kehrte ich ins Wohnzimmer zurück, setzte mich in einen Sessel und deckte mich mit meinen abgelegten Kleidungsstücken zu. Kurz darauf schlief ich ein.

V

»Trinken Sie Kaffee zum Frühstück?«, fragte eine freundliche Frauenstimme.

Ich blinzelte. Marie Kaiser stand vollständig bekleidet, frisiert und dezent geschminkt vor mir.

»Ja, gerne«, sagte ich mit belegter Stimme. Ich hielt mir die Armbanduhr vor die Augen. Es war acht Uhr.

Marie zog die Fenstervorhänge zurück. »Sie haben bestimmt sehr unbequem geschlafen.«

Ich versuchte, den Kopf zu bewegen, der Nacken war steif wie ein Brett. »Es geht. Ich habe schon manche Nacht im Auto verbracht, meine Rückenwirbel sind einiges gewohnt.«

»Es ist sonst nicht meine Art, zu fremden Männern ins Bett zu steigen. Sie hätten mich ruhig rausschmeißen dürfen.«

»Vielleicht können Sie ja das nächste Mal ein bisschen länger wach bleiben.«

Sie lächelte. »Es wird kein nächstes Mal geben, das verspreche ich Ihnen.«

Mir war klar, dass ich mich auf sehr dünnem Eis bewegte, deshalb verkniff ich mir die ersten drei Bemerkungen, die mir einfielen, und sagte: »Könnte ich vor dem Frühstück noch unter die Dusche springen?«

»Natürlich. Das Badezimmer ist oben. Nehmen Sie sich ein Handtuch vom Stapel!«

Ich stemmte mich aus dem Sessel hoch und bekam eine Ahnung davon, wie ich mich in zwanzig Jahren jeden Morgen fühlen würde.

Nachdem ich ein paar Minuten unter dem heißen Wasserstrahl gestanden hatte, konnte ich mich wieder einigermaßen schmerzfrei bewegen. Die verspannten Muskeln wurden lockerer und auch der Kopf ließ sich problemlos drehen.

Marie wartete bereits in der Küche. Es roch nach Kaffee und frischem Toast, was meinen Wiederbelebungsprozess beschleunigte.

»Ich frühstücke sonst immer um sieben«, sagte sie, »aber ich wollte Sie nicht wecken.«

»Nett von Ihnen.«

»Wie fühlen Sie sich?«

»Ich könnte Bäume ausreißen, vorausgesetzt, ein Sturm hat sie schon umgeknickt.«

»Immerhin haben Sie Ihren Humor nicht verloren.«

»Eigentlich bin ich ein Morgenmuffel. Es muss an Ihrer Ausstrahlung liegen.« Ich schnappte mir eine Toastscheibe und beschmierte sie mit Margarine und Honig. »Eine Frage ist noch offen: Soll ich nun für Sie arbeiten oder nicht?«

Sie grinste. »Darüber habe ich heute Morgen nachgedacht. Wissen Sie, am liebsten wäre es mir, ich könnte Sie als Stand-by-Leibwächter engagieren. Immer wenn jemand ums Haus schleicht, rufe ich Sie an und Sie kommen vorbei.«

»Klar«, sagte ich kauend, »das ist machbar. Allerdings nur so lange, wie es die Auftragslage zulässt. Schließlich verdiene ich mein Geld unter anderem damit, herauszufinden, wo und mit wem ein geliebter Partner den Abend und die Nacht verbringt.«

»Das ist mir bewusst.« Sie wirkte ein wenig enttäuscht. »Aber ich muss auch an meine Finanzen denken. Ich bin nicht reich. In meiner Lage sollte ich darauf vertrauen, dass die Polizei den richtigen Mörder schnappt.«

»Das verstehe ich vollkommen.« Ich griff nach der zweiten Toastscheibe. Mein Handy klingelte.

»Wo bist du?«, fragte Franka.

»Bei Frau Kaiser.«

Marie zog die Augenbrauen hoch.

»So früh am Morgen?« In Frankas Stimme war eine Spur Eifersucht hörbar.

»Nächste Frage!«, schlug ich vor.

»Hast du heute schon Deutschlands führendes Boulevardblatt gelesen?«

Ich grunzte. »Wie du weißt, gehört das nicht zu meinen morgendlichen Ritualen. Ich sage ja nicht, dass ich diese Zeitung niemals lese, aber bestimmt nicht vor dem Frühstück.«

»Heute lohnt es sich«, sagte Franka. »Du hast Anrecht auf ein fettes Honorar.«

»Wieso?«

»Sie haben ein Foto abgedruckt, das Professor Kaiser im Clinch mit einer pummeligen Blondine zeigt, mit schwarzen Balken an den Stellen, die nicht jugendfrei sind.«

»Scheiße«, fluchte ich.

»Du hast es ihnen also nicht gegeben?«

»Natürlich nicht. Stürzenbecher hat die Kamera eingesackt.«

»Dann sollten wir ihm auf die Bude rücken, findest du nicht?«

»Unbedingt.«

»Okay, ich komme gleich vorbei.« Franka beendete das Gespräch.

»Was ist passiert?«, fragte Marie.

Ich holte Luft. »Eine bedauerliche Panne. Eine Zeitung hat eines der Fotos veröffentlicht, die ich gemacht habe.«

Marie begriff nicht: »Was für ein Foto?«

»Ein Foto, das Ihren verstorbenen Mann in einer wenig schmeichelhaften Position zeigt.«

»Aber ...« Sie wurde bleich.

»Von mir haben sie es nicht«, verteidigte ich mich. »Das Leck muss bei der Polizei liegen.«

»Das dürfen die doch gar nicht«, stammelte die Witwe.

»Das ist auch nicht offiziell gelaufen. Da hat sich jemand unter der Hand ein paar Euro verdient.«

»Heißt das, jeder kann sehen, wie ...«

Ich betrachtete die trockene Toastscheibe. Der Appetit war mir vergangen.

Franka brachte das Skandalobjekt mit. Das Foto war auf der Westfalenseite der Zeitung abgedruckt, groß genug, um auch Einzelheiten ohne Lupe erkennen zu können.

»Ich kann mich ja nicht mehr aus dem Haus trauen«, jammerte die Witwe. »Jeder wird mich auf dieses schmutzige Foto ansprechen. Ich sehe schon die hämischen Gesichter meiner Nachbarn vor mir.«

»Wir sollten per einstweiliger Verfügung eine Unterlassungserklärung beantragen«, schlug Franka vor. »Möglicherweise haben die noch mehr Fotos, die sie veröffentlichen wollen. Bei einer Ordnungsstrafe von 250.000 Euro im Fall der Zuwiderhandlung werden sie es sich vermutlich anders überlegen. Ich kann das sowohl in Ihrem Namen, weil das Ansehen Ihres verstorbenen Mannes verletzt wurde, wie auch im Namen des Fotografen, also Georgs, beantragen.«

»Tun Sie das!« Marie sank in einen Sessel. »Tun Sie alles, um noch mehr Schmutz zu vermeiden! Wie soll ich das bloß meinen Verwandten erklären?«

»Anschließend könnten wir ein Schmerzensgeld einklagen.«

»Das ist mir nicht so wichtig.«

»Aber es schadet auch nicht.«

Marie nickte nur und starrte auf die Glasplatte des Wohnzimmertischs.

»Wir fahren jetzt zu Hauptkommissar Stürzenbecher«, sagte ich sanft, »und werden mächtig auf den Putz hauen. Durch diese Geschichte haben wir einiges bei ihm gut.«

Marie hob den Kopf und schaute mich mit müdem Blick an.

»Ich melde mich bei Ihnen«, sagte ich zum Abschied.

Franka war mit keinem Wort auf meine Anwesenheit im Haus Kaiser eingegangen. Erst als wir auf der Straße standen, konnte sie ihre Neugier nicht mehr zügeln: »Hast du die Nacht bei ihr verbracht?«

»Ja. Sie hatte gestern Abend ungebetenen Besuch.« Ich erzählte von der Begegnung mit Daniel Kaiser. »Marie war verängstigt. Deshalb bin ich bei ihr geblieben.«

»Marie? Hast du mit ihr geschlafen?«

Ich zischte. »Das geht dich überhaupt nichts an.«

»Ich frage als ihre Anwältin.« Franka spielte ihre neue Rolle aufreizend sachlich. »Eine intime Beziehung zwischen ihr und dir würde unsere Rechtsposition schwächen.«

»Schön formuliert. Nein, wir haben nicht miteinander geschlafen.«

Jeder fuhr in seinem eigenen Wagen zum Polizeipräsidium. Stürzenbecher war in einer Besprechung und wir mussten zwanzig Minuten auf dem Flur warten. Als er erschien, leuchtete sein Gesicht wie eine rote Ampel.

»Ich weiß, ich weiß«, knurrte er zur Begrüßung. »Ich habe diese Scheiße schon gesehen.«

Er schloss die Tür auf, wir folgten ihm ins Büro.

»Wie ist das Foto in die Zeitung gekommen?«, fragte ich.

»Da gibt es zwei Möglichkeiten«, antwortete Stürzenbecher. »Entweder sie haben es von dir oder von uns.«

»Sei nicht albern! Du hast mir die Kamera abgenommen.«

»Du könntest das Speicherdings ausgewechselt haben.«

»Habe ich nicht. Ich besitze nur eine einzige Memory Card.«

»Dann stammt das Foto von uns. Wir haben vorhin darüber gesprochen. Die Abteilung für interne Angelegenheiten wird jeden, der die Kamera auch nur aus der Entfernung gesehen hat, eingehend befragen. Wenn sie denjenigen erwischen, der das Foto weitergegeben hat, wird er sofort suspendiert.«

»Wir beantragen eine einstweilige Verfügung, um zu verhindern, dass noch weitere Fotos veröffentlicht werden«, sagte Franka.

»Von mir aus. Und bestellen Sie Frau Kaiser, dass mir die Angelegenheit sehr Leid tut. Aber Kriminalbeamte sind auch nur Menschen. Diese Zeitungen zahlen eine Menge Geld.« Stürzenbecher zog die oberste Schublade seines Schreibtisches auf. »Davon abgesehen, habe ich auch ein Foto. Es wurde in unseren Nachtbriefkasten geworfen.«

Er legte den Schnappschuss auf den Schreibtisch. Das Bild zeigte Marie und mich auf dem Schlafsofa.

Franka starrte mich wütend an.

»Es ist nicht das, wonach es aussieht«, sagte ich.

»Ich finde, es ist ziemlich eindeutig«, meinte Stürzenbecher.

»Gestern Abend ist jemand bei Frau Kaiser eingebrochen.«

Ich erzählte zum zweiten Mal die Geschichte von Daniel Kaiser. »Sie hat mich gebeten, bei ihr zu übernachten, weil sie sich fürchtete. Mehr war da nicht.«

»Ihr habt also nur ein bisschen gekuschelt?«

»Nicht mal das. Sie ist sofort eingeschlafen.«

»Du Ärmster«, höhnte Stürzenbecher. »Das muss hart für dich gewesen sein.«

»Das Foto ist mit Blitzlicht aufgenommen worden«, warf Franka ein. »Hast du nichts gemerkt?«

»Letzte Nacht gab es ein Gewitter«, erinnerte ich sie. »Wie sollte ich da einen Blitz von einem Blitzlicht unterscheiden?«

»Und wie soll ich dem Staatsanwalt erklären, dass du nicht unser Hauptverdächtiger bist?«, meinte Stürzenbecher. »Du machst Fotos aus der Perspektive des Todesschützen und anschließend liegst du mit der Witwe im Bett.«

»Dumme Zufälle.«

»Noch glaube ich dir, aber dein Konto ist erschöpft, Wilsberg. Wenn ich herausfinde, dass du vor Kaisers Tod etwas mit ihr hattest, nehme ich dich fest, Freundschaft hin oder her.«

»Ich hatte und habe nichts mit ihr«, verteidigte ich mich. »Es ist doch offensichtlich, dass mir jemand was anhängen will. Und dieser Jemand und der Mörder könnten gut und gerne ein und dieselbe Person sein.«

»Irgendwelche Vorschläge?«, fragte Stürzenbecher.

»Spontan fällt mir Daniel Kaiser ein. Er war kurz zuvor im Haus. Denkbar, dass er uns beobachtet hat.«

»Na gut, ich muss sowieso mit Daniel Kaiser reden. Und, Wilsberg: Sei vorsichtig! Du darfst dir keinen Fehler mehr erlauben.«

»So, so, du hast nicht mit ihr geschlafen?«, grummelte Franka, als wir mit dem Aufzug nach unten fuhren.

»Nein, verdammt.«

»Du hättest mir das sagen müssen.«

»Wir sind weder verlobt noch verheiratet.«

Franka klatschte sich mit der Hand vor die Stirn. »Georg, als Anwältin muss ich mindestens so viel wissen wie die Polizei. Sonst stehe ich da wie eine dumme Anfängerin.«

Ich sah ein, dass sie Recht hatte, wollte es aber nicht zugeben. »Von jetzt an werde ich mich selbst um die Sache kümmern, egal ob Marie zahlt oder nicht. Irgendjemand will mich da reinziehen, und das lasse ich mir nicht gefallen.«

»Sei bloß vorsichtig!«

»Du klingst schon wie Stürzenbecher.«

»Du kannst froh sein, dass du ihn kennst. Sonst würdest du längst in U-Haft sitzen.«

»Ich weiß. Deshalb werde ich die Zeit nutzen.«

Wir verließen das Polizeipräsidium.

»Was das Geld angeht«, sagte Franka, »da habe ich eine Idee. Du bist der Urheber des Fotos und sie haben es ohne deine Einwilligung abgedruckt. Damit steht dir das Siebenfache des normalen Honorars zu. Das dürfte eine stattliche Summe sein.«

»Treib das Honorar ein!«, gab ich meine Einwilligung. »Und denk an die einstweilige Verfügung!«

Als ich zu Hause war, rief ich Marie Kaiser an und erzählte ihr von dem zweiten Foto.

Sie war konsterniert: »Wer hat denn ein Interesse daran, uns zu beobachten?«

»Jemand, der von sich ablenken will. Zum Beispiel der Mörder. Das Foto belastet uns beide.« Ich sagte ihr, dass ich aus eigenem Interesse weiterermitteln würde.

»Das weiß ich zu schätzen, Herr Wilsberg. Im Rahmen meiner Möglichkeiten ...«

»Darüber können wir später reden. Machen Sie sich vorläufig keine Gedanken!«

Kaum hatte ich aufgelegt, klingelte das Telefon.

»Wolfgang Kohlmann«, meldete sich eine befehlsgewohnte Männerstimme.

Ich dachte noch darüber nach, was mir der Name sagen sollte, als er hinterherschob: »Viola ist meine Frau. Ich möchte mit Ihnen über die Fotos reden, die Sie von ihr gemacht haben.«

»Wie kommen Sie darauf, dass ich Fotos von ihr gemacht habe?«

»Weil Viola es mir erzählt hat, Sie Logikgenie.«

Sein Ton gefiel mir nicht, aber in meinem Beruf konnte man sich seine Gesprächspartner nicht immer aussuchen. »Na schön, reden Sie!«

»Ich bin in meiner Jagdhütte in den Baumbergen. Macht es Ihnen etwas aus, vorbeizukommen?«

Kohlmann war wütend, das war nicht zu überhören. Aber darin lag auch eine Chance. Wütende Menschen reden oft schneller, als sie denken, und plaudern dabei Dinge aus, die sie bei kühlerem Verstand lieber für sich behalten hätten.

»Wie weit ist das entfernt?«

»Fünfundzwanzig Kilometer.« Er beschrieb mir den Weg.

Ich sagte, dass ich in einer halben Stunde bei ihm sein würde.

VI

Ich fuhr auf Landstraßen nach Nordwesten. Hinter Havixbeck wurde die Straße kurviger und die münsterländische Parklandschaft durch bewaldete Hügel ersetzt, die, mangels echter Bodenerhebungen im weiten Umkreis, den etwas hochtrabenden Namen *Baumberge* trugen.

Kohlmann hatte mir geraten, am Longinusturm zu parken. Der Turm stand auf dem knapp zweihundert Meter hohen Westerather Berg, einem Plateau, das einen weiten Ausblick in die Landschaft erlaubte. Nur zu dem Zweck, diese Aussicht noch zu verbessern, war der Turm Ende des 19. Jahrhunderts von einem Verein wanderwütiger Akademiker erbaut worden, aus Baumberger Sandstein und im Stil des seinerzeit aktuellen wilhelminischen Historismus. Seinen Namen hatte der Longinusturm nicht von einem germanischen Feldherrn, sondern vom ersten Vorsitzenden des Vereins, der wegen seiner Körpergröße Longinus genannt wurde und noch vor Fertigstellung des Turms seine Wanderleidenschaft mit dem Tod bezahlen musste. Longinus stolperte nämlich über einen verrosteten Stacheldraht und starb an Wundstarrkrampf.

Das alles wusste ich, weil ich, noch zu Zeiten meiner Ehe, mit Imke und Sarah einen Ausflug zum Longinusturm gemacht und sämtliche Tafeln und Prospekte gelesen hatte, die mir vor die Augen und in die Finger kamen, während mich Imke für die Schönheit der Natur begeistern wollte.

Auf dem Parkplatz neben dem Turm standen etliche Autos und an den Holztischen vor dem Turmcafé füllten überwiegend betagtere Wanderfreunde ihr Kaloriendepot mit Kaffee und Kuchen auf.

Seit Mitte des 20. Jahrhunderts war der Turm ein merkwürdiges Zwitterwesen, denn auf den historischen Zinnen pappten drei Scheiben mit Antennenfühlern im UFO-Stil, die das Gebäude zu einem Sendemast umfunktionierten. Genau deshalb war der Turm 1979 sogar bundesweit in die Schlagzeilen geraten. Damals, als im Fernsehen die Holocaust-Serie lief, hatten Neonazis versucht, den Turm in die Luft zu sprengen. Zwar diente der Turm gar nicht der Übertragung von Fernsehsendungen, sondern als Relaisstation der Deutschen Bundespost, aber Rechtsradikale standen ja weder damals noch heute in dem Ruf, besonders intelligent zu sein.

Hinter dem Turm begann ein asphaltierter Weg, der durch hektarweite, brennnesselgesäumte Getreidefelder und an zwei dumpf orgelnden Windgeneratoren vorbei zu einem Waldstück führte. Nach etwa vierhundert Metern hatte ich den Wald erreicht und ging einen Abhang hinunter. In der Ferne, von Dunst verschleiert, war der Zwiebelturm der Nottulner Kirche zu erkennen.

Am Fuß des Abhangs, hatte Kohlmann gesagt, sollte ich mich nach links wenden. Tatsächlich gab es einen schmalen Lehmweg, der sich im Unterholz verlor. Allmählich fragte ich mich, ob es wirklich klug war, den Hobbyjäger in dieser Einöde zu treffen. Die wenigen Spaziergänger, die mir begegnet waren, hatte ich längst aus den Augen verloren. Der Lehmweg führte über eine kleine Kuppe und dann entdeckte ich die hölzerne Jagdhütte.

Plötzlich fiel ein Schuss. Ob er mir galt oder einer frei fliegenden Ente, konnte ich nicht entscheiden. Aber auszuschließen war nicht, dass mich jemand über den Haufen schießen wollte. Vorsichtshalber und meinem Drang folgend, nicht einfach dumm herumzustehen, warf ich mich hinter ein Gebüsch und blieb erst einmal liegen. Vom Schützen war nichts zu sehen. Der Schuss dröhnte noch in meinen Ohren. Deshalb hörte ich die Schritte erst, als sie nur noch ein paar Meter entfernt waren. Ich drehte mich um.

»Entschuldigung, ich habe Sie für ein Wildschwein gehalten.«

Der Mann trug eine grüne Hose, ein hellgrünes Hemd und, trotz der Hitze, eine mittelgrüne Weste. Er war etwa Ende dreißig, einigermaßen schlank und hatte sein schütteres dunkles Haar mit einem glänzenden Haarkosmetikprodukt nach hinten gekämmt, sodass seine Stirn höher wirkte als genetisch vorgesehen. Der Lauf des Jagdgewehrs, das er locker im Arm hielt, war auf den Boden gerichtet.

Ich stand auf und wischte mir den Dreck von der Kleidung. Aus dieser Entfernung konnte er mich ohnehin nicht verfehlen.

»Sehr witzig. Ich werde Sie anzeigen.«

»Versuchen Sie's!« Er grinste. »Es wird Ihnen schwer fallen zu beweisen, dass ich auf Sie gezielt habe.«

»Soweit ich weiß, haben wir keine Jagdsaison.«

»Der Schuss hat sich versehentlich gelöst. Ein Fehler, ich gebe es zu. Aber so etwas kommt vor.« Seine Selbstsicherheit hatte den Reiz eines Brechmittels.

»Sie sind Kohlmann, nehme ich an.«

»Richtig.« Er deutete eine Verbeugung an.

Ich wandte ihm den Rücken zu und ging zum Weg zurück. »Dann haben wir das ja geklärt.«

»Warten Sie!«, rief er mir nach. »Ich möchte mit Ihnen reden.«

Ich ging weiter. »Ich aber nicht mit Ihnen.«

Er kam hinter mir her. »Das, was Sie mit Professor Kaiser abgezogen haben, war auch eine Schweinerei. Ein solches Foto zu verkaufen! Damit sind wir quitt, würde ich sagen.«

Ich blieb stehen. »Ich habe das Foto nicht verkauft.«

Er runzelte die Stirn, was ihn nicht intelligenter aussehen ließ. »Das soll ich Ihnen glauben?«

»Es ist mir ziemlich egal, ob Sie mir glauben oder nicht.« Ich setzte meinen Weg fort.

»Hören Sie!« Er klang schon etwas weniger großspurig. »Als Nächstes könnte ein Foto von Kaiser und meiner Frau veröffentlicht werden.«

»Das ist durchaus möglich.«

»Die Vorstellung hat mich rasend gemacht. Falls ich Sie ungerechtfertigt verdächtigt habe, entschuldige ich mich dafür in aller Form.«

Ich überlegte. Es fiel mir schwer, meine Gefühle zu beherrschen, aber immerhin hatte ich den weiten Weg hier heraus gemacht.

»Noch so ein Ding und ich werde Sie verprügeln. Ist das klar?«

Er grinste schief. »Was halten Sie von einem Kaffee? In meiner Jagdhütte?«

Das Gewehr lehnte an der Wand neben der Tür. Ich hatte mich so gesetzt, dass ich die Waffe schneller erreichen konnte als Kohlmann, obwohl ich nicht glaubte, dass das notwendig sein würde. Ohne sein Gewehr wirkte der Jäger viel schmächtiger.

Auf dem rustikalen Holztisch standen zwei Tassen Kaffee, aufgebrüht mit einem Instantpulver, was einiges über Kohlmanns Geschmack und hausmännische Fähigkeiten aussagte.

»Viola hat nie darüber geredet, aber ich habe es die ganze Zeit gewusst«, sagte Kohlmann. »Sie hat diese fixe Idee, Karriere machen zu müssen. Wie oft habe ich ihr gesagt: *Hör auf mit der Uni! Du hast es nicht nötig. Lass uns Kinder bekommen! Kümmere dich um die Kinder und den Haushalt! Schreib wissenschaftliche Aufsätze für Fachzeitschriften, wenn es unbedingt sein muss!* Aber nein, sie wollte nicht. Ich bin leitender Geschäftsführer einer Kugellagerfabrik. Ich verdiene genug Geld, Herr Wilsberg. Viola hätte uns das nicht antun dürfen.«

Ich schwieg. Was sollte ich dazu auch sagen? Stattdessen nahm ich einen Schluck von dem bitteren Kaffee.

Kohlmann hatte seine Tasse noch nicht angerührt. Entweder wusste er, wie sein Gebräu schmeckte, oder er war zu versessen darauf, mir seine Lebensgeschichte zu erzählen.

»Kaiser war ein Grapscher, das sah man ihm an der Nasenspitze an«, redete der Jäger weiter. »Die wenigen Male, die ich ihm begegnet bin, haben mir gereicht, um ihn zu durchschauen. Und ich bin durchaus in der Lage, eins und eins zusammenzuzählen. Aber ich wollte Viola nicht verlieren. Ich wusste, sie würde mich verlassen, wenn ich sie zwingen würde, ihren Job aufzugeben.«

Er schaute mich an. Ich nickte, weil er offensichtlich eine Reaktion von mir erwartete.

»Und das ist noch nicht alles«, fuhr er fort. »Viola wurde von Kaiser nach Strich und Faden ausgenutzt.«

»Wie meinen Sie das?«, fragte ich.

»Haben Sie Kaisers anderen Assistenten kennen gelernt, diesen Sven Weichert?«

»Ja.«

»Dann wissen Sie ja, wovon ich rede. Man kann diesen Verrückten doch nicht auf die Studenten loslassen. Der Mann hat nur Ticks und schweinische Ausdrücke im Kopf. Viola musste ihn ständig vertreten. Sie hat seine Seminare übernommen, wenn er sich schlecht fühlte, sie ist allein zu Konferenzen gegangen, sie hat die Kontakte zu auswärtigen Wissenschaftlern gepflegt. Währenddessen durfte Tourette-Sven in seinem Kämmerchen sitzen und seinen Hobbys nachgehen.«

»Immerhin hat sich die Strategie Ihrer Frau ausgezahlt.«

»O ja, drei Kreuze, dass sie diese Professur in Leipzig in Aussicht hat.«

»Kaiser hatte damit ausgedient«, stellte ich fest.

»Ich weine ihm jedenfalls keine Träne nach«, meinte Kohlmann wütend.

Ich schaute unwillkürlich zu dem Gewehr an der Tür und dachte daran, dass es interessant sein könnte, seine Kugeln mit der in Kaisers Brust zu vergleichen.

»Ich weiß, was Sie denken«, sagte Kohlmann. »Aber ich war's nicht.«

»Wo waren Sie denn, als Kaiser erschossen wurde?«

»Wann war das?«

»Vorgestern, gegen siebzehn Uhr.«

»In meinem Büro«, antwortete er, ohne lange nachzudenken.

»Kann das jemand bestätigen?«

»Ja, meine Sekretärin.« Er zog ein winziges Handy aus der Westentasche und stellte eine Verbindung her. »Frau

Lansing! Hier Kohlmann. Bitte tun Sie mir einen Gefallen! Sagen Sie dem Herrn, an den ich jetzt das Telefon weiterreichen werde, wo ich am Dienstag um siebzehn Uhr war!«

Ich nahm das Handy und brummte eine Begrüßungsformel.

Eine professionelle weibliche Telefonstimme sagte ohne Umschweife: »Herr Kohlmann war letzten Dienstag um siebzehn Uhr in seinem Büro. Ich kann das bezeugen, weil ich mich bis siebzehn Uhr fünfzehn im Vorzimmer aufgehalten habe.«

»Danke!« Ich gab Kohlmann das Handy zurück.

Er verabschiedete sich von seiner Sekretärin und steckte das Gerät wieder in die Westentasche.

Ich lehnte mich zurück. »Das war abgesprochen, oder?«

Er lächelte. »Natürlich habe ich daran gedacht, dass mich jemand nach meinem Alibi fragen würde.«

Das Gespräch begann mich zu langweilen. »Na schön, ich weiß jetzt, dass Sie so schlau waren, sich ein Alibi zu beschaffen. Haben Sie mich deswegen in den Wald bestellt?«

Sein Gesicht nahm einen lauernden Ausdruck an. »Ich habe Ihnen einiges von mir erzählt. Jetzt möchte ich Ihnen ein paar Fragen stellen.«

»Ich kann mich nicht erinnern, dass wir eine derartige Vereinbarung getroffen haben.«

»Was hat Kaiser mit meiner Frau gemacht?«

»Fragen Sie Ihre Frau!«

»Hat er mit ihr geschlafen?«

»Nicht an dem Tag, als er erschossen wurde.«

»Was ist dann zwischen den beiden gelaufen?«

»Kein Kommentar.«

»Wie viel?« Er machte mit Daumen und Zeigefinger eine reibende Bewegung.

Ich stand auf. »Ich bin nicht käuflich, Herr Kohlmann.«

»Aber«, sagte er erstaunt, »Sie sind doch Privatdetektiv.«

Anscheinend glaubte er, dass dieser Beruf Menschen ohne moralische Prinzipien vorbehalten war.

»Eben.« Ich ging zur Tür.

»Warten Sie doch!« Er stand ebenfalls auf. »Es geht mir gar nicht so sehr um Viola.«

»Das habe ich begriffen.« Ich konnte meine Herablassung nicht mehr kaschieren.

»Die Veröffentlichung eines Fotos, das Viola und Kaiser in einer, nun ja, anzüglichen Pose zeigt, würde mich ruinieren. Ich habe tagtäglich mit Kunden zu tun. Und der Besitzer der Kugellagerfabrik ist ein konservativer, sehr religiöser Mann, der in einem kleinen Dorf im Münsterland aufgewachsen ist. Verstehen Sie, Herr Wilsberg? Er würde mich entlassen.«

Ich schaute durch das Fenster, das mit rot-weiß karierten Vorhängen garniert war, in den grünen und friedlichen Wald. »Wir haben eine einstweilige Verfügung beantragt, die der Zeitung den weiteren Abdruck von Fotos untersagt. Ob das etwas nützt, wird sich zeigen. Solche Geschichten heben die Auflage, wie man weiß.«

Ich ging hinaus und knallte die Tür hinter mir zu. Von Kohlmann hatte ich endgültig die Nase voll.

Während ich mich durchs Unterholz schlug, widerstand ich der Versuchung, meinen Schritt zu beschleunigen oder über die Schulter zurückzublicken. Ein bisschen

Angst hatte ich schon, dass Kohlmann auf dumme Gedanken kommen konnte. Doch bis zum Longinusturm fiel kein Schuss.

Die Kuchen vertilgenden Ausflügler erinnerten mich daran, dass ich seit der läppischen Toastscheibe am frühen Morgen nichts mehr gegessen hatte. Allerdings war mir nicht nach Kuchen zumute. Und außerdem hatte ich meinen Bedarf an frischer Landluft für diesen Monat längst gedeckt.

Ich stieg in mein Auto und fuhr nach Münster zurück. Unterwegs hielt ich an einer türkischen Imbissbude und kaufte mir einen Döner, den ich ins Büro mitnahm.

Auf dem Anrufbeantworter waren zwei Erfolgsmeldungen von Franka. Sie hatte beim Gericht die einstweilige Verfügung erwirkt und mein Fotohonorar in Rechnung gestellt. Immerhin, auf Franka war Verlass. Beinahe empfand ich sogar Stolz, wie prompt und effektiv meine ehemalige Assistentin arbeitete.

Was man von mir nicht unbedingt behaupten konnte.

Ich pellte den Döner aus seiner Alu-Hülle und verschlang die in türkischen Pizzateig eingerollten Fleischstücke samt Salatbeigabe und Knoblauchsoße. Danach fühlte ich mich besser. Und auch müde, denn die allzu kurze und unbequeme Nacht machte sich bemerkbar.

Ohnehin fehlte mir im Moment die zündende Idee, an welcher Stelle ich meine Ermittlungen fortsetzen sollte. Also erledigte ich den aufgelaufenen Schriftkram und zog mich dann in meine angrenzende Wohnung zurück.

An diesem Abend entschied ich mich für das kulturell weniger hochstehende Programm. Im Fernsehen sinnierten zahlreiche Fußballexperten, die, bevor sie grau und fett geworden waren, besser mit ihren Füßen als mit ihrem Gehirn umgehen konnten, über unsere Chancen, die USA im Viertelfinale zu schlagen.

Noch vor dem Ende der Sendung fielen mir die Augen zu. Mit letzter Kraft schaltete ich den Fernseher aus und schlurfte ins Bett.

VII

Diesmal dauerte die Nacht zwei Stunden. Als das schnurlose Telefon, das ich auf den Nachttisch gelegt hatte, klingelte, schimmerte auf meinem Digitalwecker eine rote Zwei vor dem Doppelpunkt. Nicht die angenehmste Zeit, um aufzuwachen.

»Ja?«, krächzte ich in die Sprechmuschel.

»Er ist wieder da«, sagte Marie Kaiser.

»Wer?«

»Daniel, nehme ich an. Er hat auf der Straße vor dem Haus gestanden.«

»Haben Sie ihn erkannt?«

»Nein, dazu ist es zu dunkel.«

»Könnte es kein Spaziergänger sein?«

»Um diese Zeit gibt es bei uns keine Spaziergänger. Außerdem hat er zu meinem Haus geschaut.«

»Okay«, ich schlug die Bettdecke zurück, »ich bin schon unterwegs.«

Marie hatte aufgeregt, aber nicht ängstlich geklungen. Vielleicht gewöhnte sie sich an die Gefahr.

Ich ging ins Badezimmer und spritzte mir kaltes Wasser ins Gesicht. Eigentlich hätte ich mir auch gerne die Zähne geputzt, um das pelzige Gefühl im Mund loszuwerden, aber als Lebensretter musste ich Prioritäten setzen.

Während ich mich hastig ankleidete, dachte ich kurz daran, dass es noch eine harmlose Alternative gab. Möglicherweise fühlte sich Marie einfach ein bisschen einsam und wollte die Nacht auf dem Schlafsofa wiederholen. Jedenfalls hatte ich in meinem schon reichlich langen Leben als Mann gelernt, dass ich die Frauen nie restlos verstehen würde.

Andererseits war ich Profi genug, um auch die reale Bedrohung in Betracht zu ziehen. Deshalb ignorierte ich auf der Fahrt durch das nächtliche, autoleere Münster jegliche Geschwindigkeitsbegrenzungen und erreichte schon nach sieben Minuten das Haus der Kaisers.

Ich stieg aus dem Auto und schaute mich um. Ein Mann war nicht zu sehen, nicht einmal eine Katze oder eine Himmelserscheinung. Gievenbeck war so ruhig wie das Stadion von Leverkusen bei jedem letzten Spiel der Bundesligasaison.

Ich ging zur Haustür und schellte. Im Inneren war es still, zu still. Plötzlich war ich hellwach. Das Gefühl, das etwas nicht stimmte, schärfte meine Sinne. Ich schellte erneut, nichts rührte sich.

Mit schnellen Schritten eilte ich um das Haus herum, darauf gefasst, dass mir an jeder Hausecke eine Begegnung der unfriedlichen Art blühen konnte. Die Terrassentür auf der Gartenseite war geöffnet. Das gefiel mir ganz und gar nicht.

Im Wohnzimmer brannte kein Licht. Ich schaute durch das große Fenster und entdeckte zwei Frauenbeine. Der Rest des Körpers wurde von einem Sessel verdeckt. Der größte Teil des Wohnzimmers lag im Dunkeln. Falls jemand darauf wartete, dass ich durch die Terrassentür hereinkam, würde er leichtes Spiel haben.

Ich entschied mich für das Risiko. Langsam, einen Fuß vor den anderen setzend und nach allen Seiten horchend, betrat ich das Wohnzimmer. Es passierte nichts. Offenbar hatte der Eindringling das Haus schon wieder verlassen.

Ich schaltete das Licht ein. Marie Kaiser war bewusstlos. Ich zog sie auf die Seite und fühlte ihren Puls. Das Herz schlug normal, wie ich zu meiner Erleichterung feststellte. Vorsichtig betastete ich ihren Kopf, fühlte aber keine Wunde. Auch auf ihrem Nachthemd war kein Blut zu sehen.

Gerade wollte ich mich aufrichten, um den Notarzt anzurufen, als eine schwarze Gestalt durchs Wohnzimmer rannte. Sie trug eine Art schwarzen Overall und hatte eine schwarze Mütze über den Kopf gezogen, mit Schlitzen für die Augen und den Mund. Die Gestalt lief so dicht an mir vorbei, dass ich sie mit einem Sprung erreichen konnte. Als mir das klar wurde, war die Gestalt bereits an der Terrassentür und ich hockte immer noch wie versteinert neben Marie.

Einen Moment lang überlegte ich, ob ich die Gestalt verfolgen sollte. Dann verwarf ich den Gedanken. Der Mann – instinktiv hielt ich das schwarze Wesen für einen Mann – war ganz offensichtlich jünger, athletischer, kurz: schneller als ich. Nach ein paar hundert Metern hätte ich sowieso hechelnd aufgeben müssen. Und außerdem war es wichtiger, mich um Marie zu kümmern.

Ich rief den Notarzt und die Polizei an, dann schob ich Marie ein Kissen unter den Kopf und setzte mich neben sie auf den Boden.

Noch bevor der Notarzt eintraf, wachte sie auf. Ihre Hand zuckte und fuhr suchend über das Parkett. Ich nahm sie und hielt sie fest. »Alles in Ordnung. Ich bin da.«

Sie schlug die Augen auf und warf mir einen verschwommenen Blick zu. »Ich …«

»Nicht reden!«, befahl ich. »Bleiben Sie ruhig liegen! Der Arzt ist gleich da.«

»Danke!«

»Keine Ursache. Das ist mein Job.«

Sie drehte sich auf den Rücken. »Mein Kopf tut so weh.«

»Kann ich mir vorstellen.« Ich streichelte ihre Wange. »Wissen Sie, wer es war?«

»Nein, er war ganz schwarz.«

»Ja, das ist mir auch aufgefallen.«

Es schellte. Ich ging zur Tür und ließ eine Notärztin und zwei Krankenwagenfahrer herein.

Die Ärztin maß den Puls und den Blutdruck, leuchtete Marie mit einer kleinen Taschenlampe in die Augen und tastete sie ab. Dann befahl sie den Fahrern, eine Trage zu holen.

»Wir müssen Sie in die Klinik bringen«, sagte die Ärztin zu Marie, »damit Sie gründlich untersucht werden.«

Marie nickte nur.

Die Ärztin sah mich scharf an. »Sind Sie der Ehemann?«

»Nein, ich bin Privatdetektiv. Frau Kaiser hat mich angerufen und ...«

»Ich muss die Polizei verständigen.«

»Das habe ich schon gemacht.«

»Trotzdem.« Sie zog ein Handy aus der Tasche.

»Es stimmt, was er sagt«, meldete sich Marie mit matter Stimme.

Die Ärztin ließ sich nicht beirren und erfuhr von der Einsatzleitung, dass ein Wagen unterwegs sei. »Wie ist Ihr Name?«, fragte sie mich.

»Wilsberg, Georg Wilsberg.«

»Ein Herr Wilsberg wartet an der angegebenen Adresse auf Ihre Kollegen«, sagte die Ärztin ins Telefon.

Inzwischen hatten die Sanitäter Marie auf die Trage gehoben. Ich begleitete sie bis zur Haustür und drückte ihre Hand. »Ich werde Sie morgen früh aus dem Krankenhaus abholen.«

Marie quälte sich ein Lächeln ab.

Die Polizeisirene war schon zu hören. Ich schloss schnell die Tür, lief durch die Wohnung und dann in den Garten. Die Terrassentür ließ ich geöffnet, damit die Polizisten keine Scheiben einschlagen mussten.

Nach einem Umweg durch zwei weitere Gärten kehrte ich zur Straße zurück. Ein Polizist stand vor der Haustür, sein Kollege war wahrscheinlich zur Rückseite des Hauses gegangen.

Ich wartete, bis die Haustür von innen geöffnet wurde und der wartende Polizist hineinging. Dann setzte ich mich in mein Auto und fuhr weg.

Daniel Kaiser wohnte in einem Altbau in der Innenstadt, im vierten und obersten Stockwerk, direkt unter dem Dach.

Er hatte noch nicht geschlafen. »Sie schon wieder!«, sagte er mit schwerer Zunge. Sein Atem stank nach Alkohol. »Was wollen Sie?«

»Mein Name ist Wilsberg. Ich bin Privatdetektiv und möchte mit Ihnen reden.«

Er ließ mich an der Tür stehen und ging mit staksenden Schritten zu einem erleuchteten Raum. Das Zimmer, in das ich ihm folgte, hatte zwei schräge Wände, ein kleines, geteiltes Fenster und einen knarrenden, altersschiefen Holzboden. Ein Arbeitszimmer, wie an dem Schreibtisch und den Bücherregalen vor den geraden Wänden zu erkennen war. Auch auf dem Boden stapelten sich Bücher und Zeitschriften und die Staubdichte pro Kubikmeter entsprach ungefähr der in meinem Büro.

Daniel saß in dem einzigen Sessel, neben einem kleinen Holztisch, der von einer Stehlampe angestrahlt wurde. Auf dem Tischchen lagen ein aufgeschlagenes Buch und eine Brille, im Schatten darunter versteckte sich eine fast leere Flasche Grappa.

»Entschuldigen Sie die Unordnung!« Daniel machte eine wedelnde Bewegung mit der Hand. »Ich habe nicht mit Besuch gerechnet.«

Ich nahm seine Brille und schaute hindurch. »Wenigstens habe ich Sie nicht geweckt.«

»Ich arbeite gerne nachts.« Er blickte mich mit glasigen, kurzsichtigen Augen an. »Ich liebe die Stille der Nacht, kein Lärm, kein Geschrei. Meistens gehe ich erst am frühen Morgen zu Bett.« Er tastete mit der rechten Hand nach der Brille.

Ich gab sie ihm. Er setzte sie schief auf die Nase. »*Nachts schläft die Dummheit.* Karl Kraus. Kennen Sie Karl Kraus?«

Da ich keine Lust hatte, länger zu stehen, holte ich den schlichten Drehstuhl hinter dem Schreibtisch hervor und setzte mich Daniel gegenüber. »Ich kenne nur Bernd Kraus, den schlechtesten Trainer, den Borussia Dortmund jemals gehabt hat.«

Er grinste verächtlich. »Was soll man von einem Detektiv auch anderes erwarten? Karl Kraus war einer der größten Satiriker des letzten Jahrhunderts.«

»Ach der?«, spielte ich mit. »Hat der nicht auch gesagt: *Wenn die Sonne der Kultur niedrig steht, werfen auch Zwerge lange Schatten*?«

»Woher wissen Sie das?«, fragte Daniel verblüfft.

»Wahrscheinlich aus einem Kreuzworträtsel.«

»Natürlich.« Er fummelte an seiner Brille herum. »Also? Was wollen Sie von mir?«

»Tragen Sie manchmal Kontaktlinsen?«

»Nein. Ich vertrage sie nicht. Außerdem habe ich ein Brillengesicht. Ohne Brille sehe ich scheiße aus.« Er schaute auf seine Armbanduhr. »Hören Sie, es ist fast vier Uhr. Nicht dass ich etwas Besseres vorhätte, aber ist das der richtige Zeitpunkt für ein Gespräch über Kontaktlinsen?«

»Waren Sie vor einer Stunde in Maries Haus?«

»In Maries Haus?« Er stutzte. »In meinem Haus, meinen Sie wohl?«

»Von mir aus. Waren Sie da?«

»Nein. Sie haben mir den Schlüssel abgenommen, erinnern Sie sich?«

»Jemand ist in das Haus eingedrungen und hat Marie niedergeschlagen.«

Sein Gesicht bekam einen spöttischen Ausdruck. »Nein, so was!« Er griff unter den Tisch und zeigte mir die Flasche. »Sehen Sie! Das war mein Begleiter der letzten Stunden. Und wie hätte ich um diese Uhrzeit nach Gievenbeck kommen sollen? Ich besitze kein Auto.«

Ein Taxi wäre sicherlich zu auffällig gewesen. Und dass er getrunken hatte, war eine Tatsache. Allerdings konnte er sich den Rausch auch nach seiner Rückkehr zugelegt haben, falls er in der Lage war, innerhalb von fünf Minuten eine Flasche Grappa zu leeren.

»Sie sind dort schon einmal eingebrochen. Und Sie hassen Marie.«

»Hass?« Er winkte ab. »Was für ein großes Wort! Vielleicht habe ich meinen Vater gehasst. Aber Marie? Nein.

Eher bemitleide ich sie wegen ihrer Blödheit, sich mit meinem Vater eingelassen zu haben.«

Das brachte mich auf eine Idee. »Was ist eigentlich mit Ihrer Mutter?«

»Lassen Sie meine Mutter aus dem Spiel!«, sagte er aggressiv.

»Warum?«

»Weil meine Mutter Sie nichts angeht.«

»Lebt sie noch?«

»Ja, sie lebt noch. Besser gesagt: Sie vegetiert. In einem Pflegeheim. Ihr Verstand hat sich verabschiedet. Zu viel Alkohol und Pillen. Irgendwann hat jemand den Stecker rausgezogen und dann blieb nur noch eine große dunkle Leere übrig.« Er rieb sich mit Daumen und Zeigefinger die Augen, um die Tränen zurückzudrängen. »Dieses Arschloch hat sie kaputtgemacht.« Er griff nach der Flasche und setzte sie an den Mund.

Als er den letzten Tropfen getrunken hatte, schüttelte er sich. »Entschuldigen Sie! Ich bin unhöflich. Möchten Sie etwas trinken?«

»Nein, danke.«

»Ich habe auch Bier im Haus.«

»Ich möchte nichts trinken. Erzählen Sie mir von dem Verhältnis zu Ihrem Vater!«

Daniel schnaubte. »Was soll das? Wollen Sie mich mit Psychologie aufs Kreuz legen? Lernt man das auf der Detektivschule?«

»Sie sind nicht der einzige Sohn, der Probleme mit seinem Vater hat.«

»Vermutlich nicht, nein.« Er leckte sich über die Lippen. »Wissen Sie, das Schlimme daran ist, dass ich ihn bewundert habe. Er war der Held meiner Kindheit und frühen Jugend. Ich wollte so sein wie er, erfolgreich, selbstbewusst, stark. Ich sah doch, dass alle vor ihm zitterten, sogar meine Mutter.«

»Und dann?«

»Dann erkannte ich, dass meine Mutter nicht aufhörte zu zittern, selbst wenn mein Vater nicht da war. Dass sie heimlich trank und Tabletten schluckte. An manchen Tagen lief sie wie ein Gespenst durchs Haus. Einmal brannte die Küche, weil sie vergessen hatte, den Herd auszuschalten. Ich hörte die Streitereien meiner Eltern, wie meine Mutter ihn anflehte, sie nicht vor allen Leuten lächerlich zu machen. Und ich hörte, mit welcher Erbarmungslosigkeit mein Vater darauf reagierte.«

»Und da haben Sie angefangen, ihn zu hassen?«

»Ja, da habe ich angefangen, ihn zu hassen.«

»Und deshalb haben Sie ihn getötet?«

Daniel lachte, zuerst leise, dann immer lauter werdend. »Das ist gut. Sie reden ja wirklich so wie die Detektive in den Romanen. Unser Gespräch fängt an, mich zu amüsieren, Herr Wilsberg.«

»Polizisten reden auch nicht anders«, bemerkte ich kühl. »Das werden Sie bald merken.«

»Soll ich Ihnen was sagen?« Daniel beugte sich vor. »Vielleicht hätte ich es getan, wenn ich nicht so ein verdammter Versager wäre. Ja, ich hätte ihn getötet, wenn ich den Mumm dazu gehabt hätte. Aber den hatte ich nicht. Und ich habe auch keine Ahnung, wie ich an ein Gewehr kommen sollte und wie man damit umgeht. Ich glaube nicht, dass ich etwas treffen würde. Wahrscheinlich würde ich mir eher in den Fuß schießen. Sie sollten nach jemandem suchen, der sich mit Gewehren auskennt.«

Es schellte.

Daniel schaute zur Tür. »So viel Besuch wie heute hatte ich schon lange nicht mehr.«

»Polizei!«, hörte ich eine bekannte Stimme im Hausflur. »Machen Sie die Tür auf, Herr Kaiser!«

»Ja, ja!«, rief Daniel. Er erhob sich und schlurfte aus dem Zimmer. »Das wird ja eine richtige Party.«

Sie zogen das volle Programm ab, richteten ihre Pistolen auf Daniel und ließen ihn die Hände heben. Hinter Stürzenbecher und Kommissarin Brünstrup drängelten zwei uniformierte Polizisten, ebenfalls mit gezogenen Pistolen, in das Zimmer, das für diese Menschenansammlung viel zu klein war.

Stürzenbecher schoss einen wütenden Blick auf mich ab. »Was machst du hier?«

»Ich habe mich mit Herrn Kaiser unterhalten.«

Daniel nahm die Hände herunter. »Schön, dass sich alle kennen.«

»Hände hoch!«, brüllte Kommissarin Brünstrup.

»In Ordnung.« Daniel kam ihrer Aufforderung nach. »Nur keine Aufregung!«

»An die Wand!«, kommandierte Brünstrup.

»Welche?«, fragte Daniel.

»Ans Fenster!«

Daniel lehnte sich gegen das schräge Fenster. »Sagen Sie doch mal bitte. Das klingt irgendwie netter.«

Brünstrup tastete ihn wortlos ab.

»Darüber reden wir noch«, sagte Stürzenbecher zu mir.

»Er ist sauber«, meldete Brünstrup.

Daniel drehte sich schwankend um. »Wie können Sie das durch die Kleidung feststellen? Offen gestanden …«

»Herr Kaiser«, schnitt ihm Stürzenbecher das Wort ab, »Sie sind vorläufig festgenommen.«

»Weshalb?«

»Wegen des Verdachts, eine Körperverletzung in Zusammenhang mit einem Einbruch begangen zu haben.«

Daniel lachte überheblich. »Nicht schon wieder. Das habe ich alles eben dem famosen Detektiv erklärt.«

»Aber mir noch nicht«, versetzte Stürzenbecher. »Und ich will es jetzt auch nicht hören, sondern morgen früh, wenn Sie nüchtern sind.« Er wandte sich an die Kommissarin. »Brünstrup, bringen Sie ihn ins Präsidium!«

Brünstrup klickte ein Paar Handschellen von ihrem Gürtel und legte sie Daniel an. Dann schubste sie den Professorensohn in den Flur, begleitet von der Polizeieskorte. Stürzenbecher und ich blieben allein zurück.

Der Hauptkommissar fixierte mich. »Wenn du das nächste Mal die Polizei anrufst, bleibst du am Tatort, bis die Kollegen eintreffen!«

»Geht klar.«

»Das hier ist eine Mordermittlung, die dich nichts angeht. Ich möchte nicht, dass du mit Zeugen oder Verdächtigen redest, bevor wir es getan haben.«

»Ach, hör doch auf!«, winkte ich ab. »Natürlich geht mich das etwas an. Schließlich gehöre ich ja selber zu den Verdächtigen.«

»Komm mir nicht in die Quere, Wilsberg!«, knurrte Stürzenbecher. »Sonst kriegst du mächtig Ärger. Und jetzt raus hier! Ich muss die Wohnung versiegeln.«

Ich stand auf. »Ich glaube nicht, dass er es war.«

»Wer?«

»Daniel Kaiser. Er hat Marie nicht überfallen und er hat auch seinen Vater nicht getötet.«

»Er spielt den Clown«, sagte Stürzenbecher nachdenklich. »Aber das muss nichts bedeuten. Clowns sind nicht weniger gefährlich als andere Menschen. Für den Zeitpunkt, als sein Vater erschossen wurde, hat er kein Alibi, das haben wir schon überprüft. Und dann ist da noch die Aussage von Marie Kaiser.«

»Sie hat ihn nicht identifiziert«, widersprach ich. »Sie vermutet nur, dass Daniel sie niedergeschlagen haben könnte, weil er gestern Nacht in ihrem Keller war.«

»Abwarten«, meinte Stürzenbecher. »Außerdem wäre es dumm für dich, wenn sich seine Unschuld erweisen sollte. Denn das würde dich noch verdächtiger machen.«

VIII

Marie lächelte verlegen. »Ich habe so ein komisches Gefühl. Als ob mir das Haus fremd geworden wäre. Dabei bin ich eigentlich kein ängstlicher Mensch.«

»Das ist verständlich«, sagte ich. »Es ist schlimmer, in seiner eigenen Wohnung überfallen zu werden als an anderen Orten. Man verliert das Gefühl der Sicherheit, das die eigenen vier Wände ausstrahlen. Das gilt auch für den schlichten Wohnungsdiebstahl. Selbst wenn der materielle Verlust gering ist, leiden die Bestohlenen darunter, dass ein Fremder in ihrer Wohnung war.«

Wir stiegen die Stufen zur Haustür hinauf. Marie zog den Schlüssel, den ihr die Polizisten ins Krankenhaus gebracht hatten, aus der Tasche und schloss auf.

»Lassen Sie mich vorangehen!«, schlug ich vor, als ich ihr Zögern bemerkte.

Die Luft im Wohnzimmer war schal und abgestanden. Man roch den Schweiß, den die Leute von der Spurensicherung vergossen, und die Zigaretten, die sie nach getaner Arbeit geraucht hatten. Im Umkreis der Türklinken waren noch Spuren des Pulvers zu erkennen, mit dem sie versucht hatten, Fingerabdrücke sichtbar zu machen. Ein sinnloses Unterfangen, denn der Täter hatte Handschuhe getragen, wie ich mich erinnerte.

Ich riss die Terrassentür auf. Draußen war es nicht mehr so heiß wie in den letzten Tagen, aber immer noch angenehm warm.

Marie war in der Mitte des Raumes stehen geblieben. Sie hatte die Arme vor dem Oberkörper verschränkt, als ob sie friere. Auf einmal wirkte sie verloren und hilfsbedürftig. Als ich näher trat, sah ich, dass sie tatsächlich eine Gänsehaut bekommen hatte. Einen Moment lang hatte ich den Wunsch, sie in den Arm zu nehmen, konnte mich aber noch rechtzeitig bremsen.

»Wie ist der Typ denn hereingekommen?«, fragte ich. »Als ich eintraf, war die Terrassentür geöffnet.«

»Ich ...« Sie senkte den Blick. »Es war meine eigene Schuld. Ich habe ihn hereingelassen.«

»Wieso?«

»Ich dachte, Sie wären das.«

Ich starrte sie verständnislos an.

»Ja.« Sie rieb sich die Arme. »Ich war blöd, ich weiß. Ich hörte ein Klopfen an der Terrassentür und dachte, Sie wären durch den Garten gekommen, um nicht von Daniel gesehen zu werden. Als ich niemanden erkennen konnte, habe ich die Tür geöffnet. Im selben Augenblick hat er sich auf mich gestürzt. Ich bin ausgerutscht und mit dem Kopf gegen die Tischkante geknallt. Das war alles. Als ich zu mir kam, saßen Sie neben mir.«

Ich legte ihr die Hand auf die Schulter. »In Zukunft sollten Sie etwas vorsichtiger sein.«

»Natürlich.« Ihre Stimme bekam einen leicht hysterischen Ton. »Ich werde immer alle Fenster und Türen geschlossen halten. Nike und Wotan lege ich am besten an die Leine. Wie stellen Sie sich das vor? Die Kinder wollen doch nach draußen, in den Garten. Wie soll ich ihnen klar machen, dass sie nur noch im Haus spielen dürfen?«

»In ein paar Tagen ist der Täter hoffentlich geschnappt.«

»Sie glauben nicht, dass es Daniel war?«

»Nein.« Ich schüttelte den Kopf. »Ich bin von hier aus direkt zu ihm gefahren und habe mit ihm geredet. Ich kann mich selbstverständlich täuschen, doch nach meinem Eindruck ist er unschuldig. Übrigens trug der Schwarzgekleidete keine Brille, Daniel ist so kurzsichtig, dass er ohne Brille kaum etwas erkennt.«

»Es gibt Kontaktlinsen«, warf Marie ein.

»Sicher. Man muss überprüfen, ob er sich welche besorgt hat. Allerdings ist Daniel an den Sachen im Keller interessiert, der Typ, der in der letzten Nacht hier war, kam von dort drüben.« Ich streckte den Arm aus.

»Das Arbeitszimmer meines Mannes«, sagte Marie erstaunt. »Was kann er da gesucht haben?«

Wir betraten den Raum. Der Schreibtisch mit dem Computer und die Ordner in den Regalen sahen unberührt aus.

»Er hatte zu wenig Zeit«, vermutete ich. »Zwischen dem Moment, in dem er Sie niedergeschlagen hat, und meinem Eintreffen können höchstens ein oder zwei Minuten vergangen sein. Als er mich sah, hat er die Nerven verloren und ist weggerannt.«

Mein Handy klingelte.

»Ist Sarah bei dir?«, fragte Imke. Sie bemühte sich, gefasst zu klingen, aber ich konnte die Angst in ihrer Stimme hören.

»Nein. Wieso?«

»Sie ist von der Schule nicht nach Hause gekommen.«

»Sie wird bei einer Freundin sein.«

»Ich habe schon alle Freundinnen angerufen, Georg.«

»Vielleicht hat sie einen Umweg gemacht.«

»Georg, seit Schulschluss ist eine Stunde vergangen. Ich habe nicht nur alle Freundinnen angerufen, sondern bin auch den Schulweg dreimal abgefahren.«

Meine Gedanken rasten. Sarah war ein selbstbewusstes

kleines Mädchen, offen und neugierig. Natürlich wusste sie, dass sie nicht zu Fremden ins Auto steigen oder sie begleiten sollte, aber sie würde auch nicht gleich wegrennen, wenn ein Fremder sie ansprach.

»Ruf die Polizei an!«, sagte ich. »Sie sollen eine Suchaktion starten.«

»Das habe ich auch schon gemacht.« Imke stöhnte. »Der Chef der Lüdinghauser Dienststelle meint, für eine Suchaktion sei es noch zu früh.«

»Idioten!«, fluchte ich. »Ich bin gleich da. Ruf noch mal bei der Polizei an! Mach ihnen Druck! Droh ihnen mit der Presse oder was weiß ich! Mach ihnen klar, dass sie öffentlich an den Pranger gestellt werden, wenn sie nichts unternehmen!«

Imke versprach, es zu versuchen.

»Ist etwas mit Ihrer Tochter?«, fragte Marie besorgt.

»Sie ist nicht nach Hause gekommen.« Ich hatte es eilig. »Ich muss weg.«

»Das verstehe ich.« Sie begleitete mich zur Tür.

»Ich hoffe, dass es nichts Ernstes ist«, sagte ich unkonzentriert. »Aber es kann sein …«

Marie nickte.

Ich riss mich zusammen. »Sie sollten heute Nacht nicht allein im Haus bleiben.«

»Das habe ich auch nicht vor. Ich will sowieso zu meinen Kindern. Ich bin nur hergekommen, um ein paar Dinge zu regeln und mich um die Beerdigung meines Mannes zu kümmern.«

»Okay.« Ich hörte schon nicht mehr zu.

»Ich wünsche Ihnen und Ihrer Tochter alles Gute«, rief Marie mir nach, als ich zum Auto rannte. »Und wenn es Ihnen nicht zu viel ausmacht, rufen Sie mich doch bitte an, sobald Sie etwas wissen! Ich würde mir sonst Sorgen machen.«

»Werde ich«, rief ich zurück, bevor ich einstieg.

Dann raste ich los. Ich fuhr von Gievenbeck weiter nach Roxel. Dort gelangte man über einen Versorgungsweg zur Raststätte Münsterland. Den Weg zu benutzen war zwar verboten, allerdings interessierte mich das im Moment weniger. Am Autobahnkreuz Münster-Süd wechselte ich von der A 1 auf die A 43, nahm die nächste Ausfahrt und bretterte auf der B 235 durch Senden. Das nächste Städtchen war bereits Lüdinghausen.

Imke und ihr Ehemann Carl besaßen ein Reihenhaus in einem Neubaugebiet. Carl war Abteilungsleiter für irgendwas bei einem Versicherungskonzern, dessen Bezirksverwaltung in Münster ihren Sitz hatte. Mit dem Reihenhaus und der verkrüppelten Zierkirsche vor dem Haus hatte sich Carl wahrscheinlich zwei seiner drei Lebensziele erfüllt. Abteilungsleiter für irgendwas sind nicht besonders wählerisch bei ihren Lebenszielen.

Auf der gepflasterten Straße vor dem Haus stand ein Polizeiwagen. Wenigstens schien die Lüdinghauser Polizei aus ihrem Tiefschlaf erwacht zu sein.

Ein älterer Polizist mit Bierbauch und zwei Sternen auf der Schulter, die ihn als Oberkommissar auswiesen, vermutlich der örtliche Polizeichef, stand zusammen mit einem jüngeren Polizisten in Imkes Wohnzimmer. Auf dem Tisch lagen Fotos von Sarah aus der jüngeren Vergangenheit.

Der Oberkommissar musterte mich von oben bis unten. »Sie sind also der Vater?«

»Ja. Und Sie haben hoffentlich eine Suchaktion eingeleitet.«

»Nun mal langsam!«, sagte der Oberkommissar gemütlich.

»Nein«, fuhr ich ihn an. »Mit Langsamkeit kommen wir nicht weiter. Sie wissen genauso gut wie ich, dass in einem solchen Fall jede Minute zählt. Ich möchte, dass Sie alles mobilisieren, was zur Verfügung steht. Und das heißt, dass Sie Verstärkung aus Münster anfordern müssen.«

»Erstens«, sagte der Oberkommissar immer noch bedächtig, »gehören wir zum Kreis Coesfeld, Münster ist für uns nicht zuständig. Und zweitens tun wir alles, was nach Lage der Dinge erforderlich ist.«

»Das darf doch nicht wahr sein!«, schnauzte ich ihn an. »Wollen Sie mir jetzt mit bürokratischen Vorschriften kommen?«

»In der Tat habe ich meine Vorschriften. Wo kämen wir denn hin, wenn die Polizei nicht mehr nach ihren Vorschriften handeln würde?«

Ich schluckte den Kommentar herunter. »Und was heißt ›alles‹? Wie viele Leute haben Sie im Einsatz?«

»Es sind zwei Wagen unterwegs, die nach Ihrer Tochter suchen.«

»Zwei Wagen?« Vor meinen Augen blitzten rote Sterne. Ich musste mich an einer Sessellehne festhalten.

»Georg«, beschwichtigte Imke, »es bringt doch nichts, sich mit Herrn Roggenkemper zu streiten.«

Ich holte Luft. Imke hatte Recht. Der Ortssheriff würde vermutlich auf stur schalten, wenn ich mich weiter mit ihm anlegte.

»In Ordnung«, sagte ich ruhig. »Wie werden Sie vorgehen?«

Roggenkemper schaute auf seine Uhr. »Wir kontrollieren noch eine Stunde lang alle Straßen und Feldwege der

Umgebung. Falls wir bis dahin kein Lebenszeichen Ihrer Tochter erhalten haben, informiere ich die Kreispolizei, die über einen Großeinsatz entscheiden muss.«

Im Türschloss drehte sich ein Schlüssel.

Wir starrten alle gebannt zur Tür, aber es war nicht Sarah, die hereinkam, sondern Carl, der in seinem blauen Anzug, dem weißen Hemd und der gestreiften Krawatte aussah, als wollte er uns eine Versicherungspolice verkaufen.

»Liebes!« Carl legte seinen Arm um Imkes Schultern. »Ich bin so schnell wie möglich gekommen.«

»Wer sind Sie denn?«, fragte Roggenkemper lauernd.

»Carl ist mein Ehemann«, erklärte Imke. »Sarah ist meine Tochter aus erster Ehe.«

»Aha.« Anscheinend war es für Roggenkemper jetzt klar, dass in solchen zerrütteten Familienverhältnissen ein Mädchen nichts anderes tun konnte, als davonzulaufen.

Imke erbot sich, Kaffee zu kochen, und ich folgte ihr in die Küche. Ich wusste, dass es mich wahnsinnig machen würde, einfach herumzusitzen und abzuwarten.

»Sag mal!«, begann ich. »Wer ist zurzeit die beste Freundin von Sarah? Ist das immer noch Annika?«

»Warum?«

»Ich will mit ihr reden.«

»Ich habe sie gefragt, Georg. Sie weiß nichts.«

»Das hat sie dir am Telefon gesagt und ihre Mutter stand daneben. Ich möchte ihr in die Augen sehen. Vielleicht weiß sie doch etwas, traut sich aber nicht, es zu erzählen, weil sie fürchtet, dass man ihr Vorwürfe macht.«

»Du willst also Detektiv spielen?«

»Ich *bin* Detektiv, Imke. Im Gegensatz zu dem grandiosen Oberkommissar Roggenkemper.«

Imke seufzte. »Ja, Annika ist immer noch Sarahs beste Freundin.« Sie nannte mir die Adresse.

Annikas Mutter war selbst in Sorge, dass ein Unglück geschehen sein könnte, und verhielt sich sehr kooperativ. Im Gegensatz zu Annika, die herumnörgelte und erst von ihrer Mutter überredet werden musste, sich mit mir an einen Tisch zu setzen.

Ich bemühte mich, meine Nervosität nicht zu zeigen. »Annika, du verstehst doch, dass wir uns Gedanken darüber machen, wo Sarah sein könnte?«

»Ja.« Annika schaute auf den Tisch.

»Hast du eine Idee?«

»Nein.«

»Hat sie dir irgendetwas gesagt?«

»Nein.«

»Hast du gesehen, ob sie von jemandem angesprochen wurde?«

»Nein.«

Die automatische Zeitansage war gesprächiger.

»Okay«, sagte ich freundlich. »Ich bin Sarahs Vater und nicht die Polizei. Was wir hier besprechen, geht niemanden etwas an. Ich verspreche dir, dass weder ich noch ein anderer dir einen Vorwurf machen wird.«

»Ich weiß nichts«, sagte Annika trotzig. Sie begann, an ihrem Haarring zu fummeln, der die lange blonde Mähne bündelte.

So schnell gab ich nicht auf. »Manchmal fällt einem etwas ein, wenn man sich die Situation noch einmal vorstellt. Fangen wir mit dem Schulende an! Habt ihr gemeinsam die Schule verlassen?«

»Ja.«

»Und was macht ihr dann normalerweise?«

»Wir gehen ein Stück zusammen.«

»Habt ihr das heute auch gemacht?«

»Ja.«

»Und dann?«

»An der großen Kreuzung geht Sarah geradeaus und ich nach rechts«, antwortete Annika genervt.

»Sie meint die Adenauerstraße, Ecke Mühlenstraße«, half Annikas Mutter.

»Und heute ist sie auch geradeaus gegangen?«, fragte ich.

Annikas Augenlider flackerten, sie schaute zur Zimmerdecke. »Ja.«

»Annika«, sagte ich, »bist du ganz sicher, dass sie geradeaus gegangen ist?«

»Ich weiß nicht. Ich hab nicht hingeguckt.«

»Es könnte also sein, dass sie heute einen anderen Weg genommen hat?«

»Vielleicht.«

»Welchen denn, zum Beispiel?«

Annika drehte sich zu ihrer Mutter: »Mama, wie lange dauert das denn noch?«

»Wenn du etwas weißt, musst du es sagen!«, befahl ihre Mutter.

»Aber ich habe Sarah doch versprochen, nichts zu sagen.«

Ich sog scharf die Luft ein und mahnte mich zur Ruhe. »Was hast du ihr versprochen?«

»Nichts zu sagen.« Annika kämpfte mit den Tränen. »Sarah ist meine beste Freundin.«

»Ja, das verstehe ich. Aber Sarah ist vielleicht gerade in diesem Moment in einer Lage, in der es ihr lieber wäre, wenn wir wüssten, wo sie ist.«

»Mama!«, quengelte Annika.

»Wohin ist Sarah gegangen?«, unterstützte mich die Mutter.

»Zur Bushaltestelle.«

»Und was wollte sie da?«

»Nach Münster fahren. Aber ich darf nichts sagen, hat sie gesagt.«

»Hat sie erzählt, was sie in Münster machen will?«, fragte ich.

»Nein. Das weiß ich nicht. Ehrlich.«

»Wieso läuft sie einfach davon, ohne ein Wort zu sagen?« Imke stellte die Frage mehr sich selbst als Carl oder mir. Wir drei waren allein in dem kleinen Reihenhaus, Oberkommissar Roggenkemper hatte sich mit seinem Kollegen der Suchaktion angeschlossen. Eigentlich hätten wir ihn informieren müssen, aber ich hatte keinerlei Verlangen, ihn so schnell wieder zu sehen.

»Immerhin ist es eine positive Nachricht«, sagte ich. »Die Tatsache, dass sie allein und freiwillig weggefahren ist, erhöht die Chance, dass die Sache glücklich ausgeht, um ein Vielfaches.«

Imke schaute mich an. Bislang hatten wir kein Wort darüber verloren, dass es diese andere, schreckliche Alternative gab.

»Vielleicht ist sie zu dir gefahren«, sagte Imke. »Sie hat doch einen Schlüssel, oder?«

Ich wählte auf meinem Handy die Nummer meiner Wohnung. Nach dem fünften Klingeln meldete sich meine eigene Stimme, die mir erzählte, dass ich nicht da sei, aber eine Nachricht auf Band hinterlassen könne. »Sarah«, sagte ich, »wenn du in der Nähe bist, nimm bitte den Hörer ab! Ich bin bei Imke. Wir sind beide nicht böse auf dich. Wir möchten nur wissen, ob es dir gut geht.«

Keine Antwort.

»Ich fahre trotzdem gleich nach Hause«, verkündete ich. »Möglicherweise läuft sie in Münster herum und kommt irgendwann am Abend zu mir. Aber vorher möchte ich noch etwas mit dir besprechen.« Ich machte ein Pause. »Unter vier Augen.«

»Was soll das heißen?«, fuhr Carl auf. »Darf ich mir etwa keine Sorgen machen?«

»Natürlich darfst du das«, entgegnete ich. »Allerdings ist Sarah Imkes und meine Tochter. Deshalb wirst du es verschmerzen, wenn ich dich nicht dabeihaben will.«

»Das ist ja unverschämt«, maulte Carl. »Was sagst du denn dazu?« Die Frage galt Imke.

»Lass mich ein paar Minuten mit Georg allein«, sagte Imke matt.

Carl stand polternd auf. »Na schön, wenn das so ist.« Er ging hinaus und knallte die Tür hinter sich zu.

»Männer!« Imke rieb sich die Schläfen. »Warum müsst ihr euch bloß immer aufführen wie Neandertaler?«

»Ich traue der These ja nicht, dass die Neandertaler gänzlich ausgestorben sind. Wahrscheinlich hat sich das eine oder andere Neandertaler-Männchen ein Homo-sapiens-Weibchen geschnappt. Wenn man sich Neandertaler in blauen Anzügen und weißen Hemden vorstellt …«

»Hör auf!«, schrie Imke. »Sarah ist weg, ich bekomme eine Migräne und du redest über Neandertaler.«

»Tut mir Leid.«

Carl riss die Tür auf. »Was ist los?«

»Alles in Ordnung, Schatz!«, rief Imke lächelnd.

Carl verschwand wieder.

»Also gut«, sagte ich. »Die Frage ist, warum Sarah weggelaufen ist. Da fallen mir zwei Möglichkeiten ein: Probleme in der Schule oder Probleme in der Familie.«

»In der Schule hat sie keine Probleme. Sie ist in allen Fächern gut, mit Ausnahme von Mathe, da steht sie zwischen Vier und Fünf. Aber die Lehrerin hat mir gesagt, dass sie ihr wegen der guten mündlichen Beteiligung eine Vier geben wird.«

»Ihre Versetzung aufs Gymnasium ist demnach nicht gefährdet?«

»Nein, auf keinen Fall.«

»Und was ist mit der anderen Möglichkeit? Wie kommt Sarah mit Carl zurecht?«

»Na ja«, sagte Imke nachdenklich. »Du bist immer noch der Größte für sie, das ist keine Frage. Sarah und Carl haben sich arrangiert. Sarah respektiert ihn und er bemüht sich wirklich um sie.«

»Geh jetzt nicht in die Luft!«, warnte ich. »Könnte es sein, dass er sich zu sehr um sie bemüht?«

»Du meinst ...«

»Ja, das meine ich. Sarah ist ein hübsches Mädchen.«

»Nein«, wehrte Imke ab. »Das würde ich merken. Und wenn ich auch nur den leisesten Verdacht hätte, würde ich der Sache auf den Grund gehen. Du kannst mir glauben, dass ich keinen Moment zögern würde, ihn anzuzeigen und aus dem Haus zu werfen.«

Ich lehnte mich zurück. »Dann bleibt nur das Verhältnis zwischen Sarah und dir.«

Imke dachte nach. »Wir streiten uns manchmal, klar. Sarah ist zehn und hat einen eigenen Kopf. Du kannst sie verwöhnen, wenn sie am Wochenende bei dir ist, aber ich muss sie gelegentlich daran erinnern, dass sie auch Pflichten hat. Andererseits habe ich nicht das Gefühl, dass es zwischen uns ein Missverständnis gibt oder dass ich gar den Kontakt zu ihr verliere.«

»Und doch muss es irgendeinen Grund geben.«

»Hoffentlich können wir sie bald selbst fragen.«

»Ja.« Ich stand auf. »Ich fahre dann mal. Sag bitte Oberkommissar Roggenkemper Bescheid, damit er die Polizei in Münster informiert!«

Ich gab Imke zum Abschied einen Kuss auf die Wange. »Es wird schon gut ausgehen. Davon bin ich fest überzeugt.«

IX

Als ich die Tür zu meiner Wohnung öffnete, hörte ich Geräusche aus dem Wohnzimmer. Mein Herz schlug schneller. Die Geräusche wurden von Menschen verursacht, die durcheinander redeten und sich anschrien. Das konnte nur bedeuten, dass im Fernsehen eine Talkshow lief. Und da es Franka schon vor längerer Zeit aufgegeben hatte, in meinem Wohnzimmer herumzuhängen, blieb nur ein Mensch, der den Fernseher eingeschaltet haben konnte.

Sarah lag auf der Couch und winkte mir lässig zu. »Hallo, Papa!«

Ich gab ihr einen Kuss. »Was ist passiert?«

»Nichts ist passiert«, sagte sie betont cool. In ihrer weizengelben schlabbrigen Hose und dem blauen T-Shirt sah sie sehr entspannt aus.

»Wir haben uns Sorgen um dich gemacht.«

»Warum?« Sie schaute schon wieder zum Fernseher. »Ich wollte dich einfach mal besuchen.«

»Du weißt, dass du mich jederzeit besuchen kannst, aber du musst es Imke sagen.«

Sie antwortete nicht.

»Deine Mutter hat große Angst bekommen. Ich übrigens auch. Imke hat alle deine Freundinnen angerufen und die Polizei sucht seit Stunden die Umgebung von Lüdinghausen ab.«

»Wegen der bösen Männer?«, fragte Sarah ironisch. »Vor denen habe ich keine Angst.«

»Männer, die sich an kleinen Mädchen vergreifen, sind nun mal eine Tatsache. Und Eltern, die sich keine Gedanken machen, wenn ihre Tochter von der Schule nicht nach Hause kommt, haben die Bezeichnung wohl kaum verdient.«

»Papa, darf ich jetzt die Sendung zu Ende gucken?«

Ich zeigte auf den Anrufbeantworter. »Du hast gehört, dass ich hier angerufen habe. Warum hast du den Hörer nicht abgenommen?«

»Kein Bock.«

Langsam wurde ich wütend. »Sarah, ich möchte wissen, warum du weggelaufen bist.«

Sie verdrehte theatralisch die Augen. »Können wir nicht später darüber reden?«

»Meinetwegen. Ich rufe jetzt deine Mutter an.«

Ich ging ins Büro, damit Sarah nicht mithörte.

»Gott sei Dank!«, seufzte Imke. »Ich komme sofort und hole sie ab.«

»Das halte ich für keine gute Idee«, entgegnete ich. »Sie rückt nicht damit heraus, was sie zu ihrer Flucht bewegt hat.«

»Flucht? Ist das nicht übertrieben? Sie ist schließlich einfach nur zu dir gefahren.«

»Eine kleine Flucht. Beim nächsten Mal fährt sie vielleicht weiter weg. Und sie ist sich der Symbolik ihrer Handlung durchaus bewusst, auch wenn sie es nicht zugibt. Mir wäre es lieber, sie würde die Nacht hier verbringen. Morgen ist Samstag, da hat sie sowieso keine Schule. Ich denke, dass ich sie heute Abend dazu kriege, die Wahrheit zu sagen.«

Imke schluckte. »Dann lass mich wenigstens mit ihr reden.«

Ich stellte das Gespräch ins Wohnzimmer durch und drückte Sarah den Hörer in die Hand. »Deine Mutter!«

Der Teil des Telefonats, den ich mitbekam, klang so ähnlich wie das Gespräch, das ich mit Annika geführt hatte. Er bestand hauptsächlich aus genervten Jas und Neins.

Nach drei Minuten gab mir Sarah den Hörer zurück. Ich vereinbarte mit Imke, dass ich Sarah am nächsten Morgen gegen zehn Uhr zu ihr bringen würde.

»Bist du damit einverstanden?«, fragte ich Sarah.

»Jahah.«

»Ich mache dir einen Vorschlag: Ich kaufe jetzt ein und koche uns was Leckeres. Danach reden wir. Okay?«

»Wenn's sein muss.«

Ich deutete auf den Rucksack, der an der Couch lehnte. »Was ist mit deinen Schularbeiten?«

»Hab ich schon gemacht.«

Ich nickte. Der Rucksack sah aus, als habe sie ihn nach ihrer Ankunft fallen gelassen und nicht wieder angerührt. Aber das war ein nebensächliches Problem.

Bevor ich zum Supermarkt ging, rief ich Marie an und erzählte ihr, dass Sarah zwar unversehrt aufgetaucht sei, aber nicht über die Gründe ihres seltsamen Verhaltens reden wolle.

Marie war erleichtert und zugleich besorgt: »Was glauben Sie denn, was dahinter steckt?«

»Fragen Sie mich was Leichteres! Nachher erfahre ich hoffentlich mehr.«

Ich wollte schon das Gespräch beenden, als Marie sagte: »Übrigens, nachdem Sie gegangen sind, habe ich noch ein bisschen im Arbeitszimmer meines Mannes herumgewühlt. Dabei bin ich auf eine interessante Sache gestoßen, die Sie sich unbedingt ansehen sollten.«

»Gut.« Mit den Gedanken war ich noch bei meiner Tochter. »Wann haben Sie Zeit?«

»Ich könnte morgen früh zum Haus kommen. Meine Eltern wohnen in Hiddingsel. Von da aus brauche ich nur eine halbe Stunde.«

»Sagen wir um elf?«

Marie versprach, da zu sein.

Auf dem Weg zum Supermarkt entschied ich mich für Canard à l'Orange, in der abgespeckten Version. Sarah mochte Fleisch nur, wenn es nicht nach Tier aussah, also kaufte ich keine ganze Ente, sondern vier Entenbruststücke, dazu Karotten, Zwiebeln, Entenfond, ein Fläschchen Grand Marnier und Orangen für die Soße, Klöße als Beilage, außerdem Zutaten für einen gemischten Salat und Eis als Dessert. Wenn das nicht reichte, um eine Zehnjährige zum Reden zu bringen, wusste ich es auch nicht.

Sarah kam in die Küche, als ich gerade den Orangensaft und den Grand Marnier in die Pfanne goss, wo sie mit dem flüssigen Zucker unter lautem Zischen eine transitorische Verbindung eingingen.

Sarah betrachtete fasziniert die unförmigen Orangenbonbons. »Was wird das denn?«

»Die Soße«, erklärte ich. »Zumindest ein Teil davon.«

Die Bonbons lösten sich zu einem gelblichen Brei auf.

»Kaufst du eigentlich fair gehandelte Produkte?«, fragte Sarah.

»Wieso das denn?«, fragte ich irritiert zurück.

»Unsere Lehrerin hat gesagt, dass die Bauern in den Entwicklungsländern von den großen Konzernen ausgebeutet werden. Und dass man in Läden kaufen soll, die Lebensmittel direkt von den Erzeugern beziehen, wie *La tienda* oder *Weltwinkel*.«

»Schon möglich«, wich ich aus. »Aber der Supermarkt

liegt näher. Außerdem glaube ich nicht, dass es fair gehandelte Enten gibt.«

Ich fischte die Entenbruststücke aus der Kasserolle, filterte die Karotten und die Zwiebeln aus dem Entenfond, schüttete den Pfanneninhalt in die Brühe, ließ das Ganze noch einmal aufkochen, gab schließlich unter stetem Rühren einen Esslöffel Speisestärke hinzu, bis das Ergebnis so aussah und roch, wie ich es mir vorgestellt hatte.

»Riecht gut«, stellte auch Sarah fest. Sie wirkte locker und tat so, als sei überhaupt nichts vorgefallen.

Ich bat sie, mir beim Tischdecken zu helfen. Dann legte ich die Entenbruststücke zurück in die Soße, pulte die Klöße aus ihren Säckchen und schmeckte den Salat mit Olivenöl und Balsamico-Essig ab.

Während des Essens redeten wir über belanglose Dinge. Ich war schon immer der Meinung, dass man ein vorzügliches Gericht nicht durch konfliktträchtige Gesprächsthemen ruinieren sollte. Und in diesem Fall hatte ich mich beinahe selbst übertroffen.

»Das solltest du öfter machen«, erklärte Sarah.

»Wenn ich Zeit und Geld habe, mache ich alles für dich. Eis zum Nachtisch?«

»Klar.«

Nachdem sie eine doppelte und ich eine einfache Portion Eis vertilgt hatte, forderte ich den Tribut für meine Mühe: »Also, du hast mir etwas versprochen.«

»Was denn?«, antwortete sie kokett.

»Du wolltest mir sagen, warum du nach der Schule nicht nach Hause gegangen, sondern mit dem Bus nach Münster gefahren bist.«

Sarah stöhnte. »Es gab keinen besonderen Grund.«

»Du hast dir das spontan überlegt?«

»Ja.«

»Das glaube ich dir nicht, Sarah.«

Sie schnitt eine Grimasse. »Das ist dein Problem.«

»Liegt es an Carl?«

»Carl?« Sie zog die Augenbrauen hoch. »Was soll mit dem sein?«

»Nervt er dich? Kommt er dir manchmal zu nahe? Will er etwas von dir?«

»Carl ist ganz nett. Meistens ist er ja im Büro oder arbeitet im Garten oder sitzt vor dem Fernseher und guckt Fußball.«

Zu einem Drittel konnte ich Carl durchaus verstehen.

»Und was machst du?«

»Jedenfalls nicht Fußball gucken. Ich habe ja meinen eigenen Fernseher.«

»Aha. Ihr redet also nicht miteinander?«

»Doch. Sonntags, wenn wir irgendwohin fahren, da ist er ziemlich gesprächig. Er erzählt immer lustige Geschichten.«

»Und was ist mit Imke? Hast du Krach mit ihr?«

»Papa! Spielst du jetzt den Psychologen?«

Ich verlor die Fassung: »Nein. Ich versuche nur zu begreifen, was in deinem Kopf vorgeht.«

»Es war ein Fehler, okay?«, bremste sie mich aus. »Ich werde mich morgen bei Mama entschuldigen. Was willst du denn noch?«

Eine alte Kriminalistenweisheit besagt, dass Männer im Verhör viel leichter zu knacken sind als Frauen. Mir war allerdings neu, dass das auch schon für zehnjährige Mädchen galt.

Sarah setzte ein Lächeln auf, mit dem sie in spätestens zehn Jahren jeden Mann ins Bett kriegen würde. »Heute

Abend kommt ein witziger Film im Fernsehen. Guckst du den zusammen mit mir?«

Wir schauten uns gemeinsam eine amerikanische Teenie-Komödie an, in der zum x-ten Mal das Aschenputtel-Motiv variiert wurde und eine individuell gekleidete, brillentragende Schülerin sich in eine gelackte, ausdruckslose Ballkönigin verwandelte. Witzig war eigentlich nur, dass einer der fiesen Jungs seine Schamhaare, die er dem guten Jungen auf die Pizza gelegt hatte, selbst essen musste. Allerdings fand Sarah gerade diese Szene ziemlich eklig.

Nach dem Film brachte ich Sarah ins Bett. Zurück im Wohnzimmer, schaltete ich zu den Berichten über die Fußball-WM um und bekam endlich mit, wie sich Ballack & Co mit viel Glück gegen die Amerikaner ins Halbfinale gemogelt hatten. Dass Deutschland gewonnen hatte, war mir zwar schon aufgrund des mickrigen Autokorsos klar gewesen, der in Lüdinghausen meinen Weg gekreuzt hatte, aber da war es mir noch vollkommen gleichgültig gewesen.

Das Telefon klingelte. Ich dachte kurz an Marie und ihre nächtlichen Anrufe. Aber es war eine mechanische Stimme, die sagte: »Sie erhalten eine Kurzmitteilung: *Verpiss dich, Schnüffler!* Das war eine Nachricht von …« Es folgte eine Handynummer, die ich mir mit meinem chronisch schlechten Zahlengedächtnis nicht merken konnte.

Als ich mich wieder auf die Couch setzte, stieß ich mit dem Bein gegen Sarahs Rucksack. Ich hob den Rucksack hoch und wunderte mich über das Gewicht.

Erstaunlich, was Kinder alles mit sich herumschleppen mussten. Vielleicht, dachte ich weiter, sollte ich mal tun, wofür ich schon in der SMS beschimpft worden war: schnüffeln.

In der nächsten halben Stunde nahm ich mir den Inhalt des Sacks gründlich vor.

Am nächsten Morgen holte ich Brötchen vom angesagtesten Bäcker des Kreuzviertels. Wir frühstückten ausgiebig und verloren kein Wort über die Ereignisse des vergangenen Tages.

Dann brachte ich Sarah nach Lüdinghausen. Diesmal nahm ich nicht die Autobahn, sondern fuhr gemächlich über die Hammer Straße nach Süden.

Kurz hinter Ascheberg sagte Sarah: »Papa, wär das schlimm, wenn ich nicht aufs Gymnasium komme?«

»Nein, das wäre nicht tragisch. Ich bin selbst auf der Realschule gewesen und erst später zum Gymnasium gewechselt.«

»Aber Gymnasium ist doch besser?«

»Sicher. Für die interessanteren Berufe braucht man das Abitur und ein Hochschulstudium. Zweifelst du daran, dass du aufs Gymnasium gehen kannst?«

Sarah schwieg.

»Auch wenn du beim letzten Mathetest eine Fünf bekommen haben solltest«, fuhr ich fort, »kriegst du auf dem Zeugnis auf jeden Fall eine Vier. Wegen der Zwei im Mündlichen, hat deine Lehrerin gesagt. Deine Versetzung zum Gymnasium ist also nicht gefährdet.«

»Papa!« Sarah schaute mich misstrauisch von der Seite an. »Hast du in meinen Schulsachen geschnüffelt?«

»Ich?«, protestierte ich. »Wie kommst du darauf? Das war jetzt nur so eine Vermutung von mir.«

Um fünf nach elf kam ich vor dem Haus der Kaisers an. Maries Minivan parkte schon am Straßenrand.

Sie schien im Flur gewartet zu haben, denn unmittelbar nach meinem Läuten öffnete sich die Tür. Marie trug ein geblümtes Kleid und hatte einen rötlichen Teint.

»Sie sehen gut aus«, sagte ich.

»Danke. Ich war zu lange in der Sonne.« Sie legte den Handrücken gegen die Wange. »Deshalb glühe ich heute wie eine Wärmflasche. Aber es war schön. Ich habe stundenlang mit meinen Kindern im Garten gespielt.«

Sie wirkte viel erholter als am Vortag, beinahe zufrieden.

Wir gingen durch das Wohnzimmer zum Arbeitszimmer ihres verstorbenen Mannes.

»Günters Beerdigung ist nächsten Dienstag. Aber Sie werden sicher nicht kommen wollen.«

»Doch«, sagte ich. »Es wäre nicht das erste Mal, dass ein Mörder an der Beerdigung seines Opfers teilnimmt. Manche Täter genießen den Kitzel, sich unter die Trauernden zu mischen. Und genauso interessant ist das Gegenteil: Wenn jemand, der eigentlich kommen müsste, fehlt.«

Marie blieb stehen. »Das ist ja gruselig.«

»Entschuldigen Sie! Vielleicht hätte ich das nicht sagen sollen.«

»Zu spät.« Sie lächelte. »Um elf Uhr auf dem Zentralfriedhof.«

Sie stieß die Tür auf. Auf dem Schreibtisch lagen einige Mappen.

»Ich habe das da in einem Ordner gefunden«, berichtete Marie. »Offenbar hatte Günter vor, die Informationen zu veröffentlichen.«

»Und was ist das?«, fragte ich.

»Unterlagen darüber, dass Professor Varnholt in den siebziger und achtziger Jahren für den Verfassungsschutz gearbeitet hat. Varnholt war damals Assistent und hat Dossiers über linke Studenten angelegt.«

»V-Leute des Verfassungsschutzes gab es reichlich. Ich habe zu jener Zeit studiert.« Ich blätterte in einem Dossier. Es ging um einen Studenten, der führendes Mitglied im Marxistischen Studentenbund Spartakus gewesen war. Varnholt hatte die Aktivitäten des Studenten akribisch aufgelistet, unter anderem hatte er eine Rede des Spartakisten vor einer Vollversammlung protokolliert, die den Einmarsch der Sowjetunion in Afghanistan rechtfertigte.

»Eine verrückte Zeit«, sagte ich. »An der Uni haben wir darüber gestritten, welche Form der Diktatur des Proletariats die beste wäre und anschließend kam für viele die Keule des Berufsverbots. Wer Lehrer werden wollte, konnte das mit so einem Dossier vergessen.«

Ich öffnete ein zweites Dossier. Varnholt stellte Mutmaßungen darüber an, wer ein Flugblatt verfasst hatte, in dem angeblich Sympathie für die Entführer und Mörder des Arbeitgeberpräsidenten Schleyer bekundet wurde. Die Zeit des *deutschen Herbstes.* Ich erinnerte mich, dass sogar Heinrich Böll öffentlich als Sympathisant der RAF bezichtigt worden war.

»Sie halten das für nicht so wichtig?«, fragte Marie.

»Nun, juristisch ist das sicher ohne Belang. Manche Spitzel sind heute sogar stolz darauf, so staatstragend gewesen zu sein. Anderen wiederum wäre es peinlich, wenn bekannt würde, dass sie für einen Geheimdienst gearbeitet haben. Die Frage ist, zu welcher Sorte Varnholt gehört. Haben Sie eine Ahnung, von wem Ihr Mann das Material bekommen hat?«

»Nein, das steht nirgendwo. Aber es muss ein Insider sein, jemand, der für diese Behörde arbeitet oder gearbeitet hat.«

»Eines steht jedenfalls fest«, sagte ich. »Varnholt war nicht der Ninja, der Sie angesprungen hat. Der Typ, den ich durchs Wohnzimmer habe rennen sehen, muss erheblich jünger sein.«

»Er kann jemanden beauftragt haben«, schlug Marie vor.

»Das wäre möglich«, räumte ich ein.

Sie war enttäuscht. »Sie können also nichts damit anfangen?«

»Das will ich damit nicht sagen. Es kann nicht schaden, bei Varnholt ein bisschen auf den Busch zu klopfen.« Ich lächelte Marie aufmunternd an. »Und wissen Sie was? Ich habe sogar Lust, es gleich zu tun.«

Varnholts Name stand im Telefonbuch.

»Ich hoffe, Sie haben einen guten Grund, mich am Samstagmittag anzurufen«, knurrte der Professor, nachdem ihn seine Frau ans Telefon geholt hatte. »Ich kenne Sie nämlich nicht.«

»Dafür kenne ich Sie. Wir sind uns neulich im Institut über den Weg gelaufen.«

»Wie war noch mal Ihr Name?«, fragte Varnholt.

»Wilsberg. Ich bin Privatdetektiv und würde mich gerne mit Ihnen über Professor Kaiser unterhalten.«

»Alles, was ich dazu zu sagen habe, ist der Polizei bekannt. Ich denke nicht daran, mit einem Privatdetektiv zu reden. Einen schönen Tag noch, Herr …«

»Verfassungsschutz«, sagte ich schnell, bevor er auflegen konnte, »klingelt da was bei Ihnen?«

»Wie bitte?«

»Durch Zufall sind mir einige Unterlagen über Ihre Tätigkeit als V-Mann des Verfassungsschutzes in die Hände gespielt worden. Zugegeben, das meiste ist Schnee von gestern. Aber gibt es nicht auch heute noch linke Studentengruppen, die so etwas gerne auf ihren Flugblättern verbreiten?«

Ich hörte Varnholt atmen.

»Also gut«, sagte er nach der Bedenkpause, »ich bin in einer Stunde im Institut. Sie kennen sich ja aus.«

X

»Jugendsünden«, sagte Professor Varnholt. »Ich hielt es damals für meine Pflicht, den staatlichen Organen zu helfen. Wir – und damit meine ich die demokratisch Gesinnten, die den linken Krawallmarxismus an den Hochschulen nicht mitmachten – glaubten, dass sich der Staat in einer ernsten Krise befinden würde, dass die linken Systemveränderer die Grundlagen unserer Gesellschaftsordnung zerstören könnten, dass wir die freiheitliche Grundordnung verteidigen müssten. Im Nachhinein sieht natürlich manches anders aus. Die Utopie des Sozialismus ist wie ein Kartenhaus zusammengebrochen. Der Niedergang des so genannten realen Sozialismus hat die letzten Zweifel beseitigt. Doch auch aus heutiger Sicht habe ich mir nichts vorzuwerfen. Wer konnte schon ahnen, dass es sich um eine vorübergehende, rein universitäre Erscheinung handeln würde? Dass die Steinewerfer von einst heute hohe politische Ämter bekleiden würden? Übrigens ebenso wie viele von denen, die, wie ich, mit dem Staatsschutz zusammengearbeitet haben. Ich war da wirklich kein Einzelkämpfer.«

Professor Varnholt hatte sich hinter seinem Schreibtisch verschanzt. Sein Jackett hing auf der Stuhllehne und die Krawatte baumelte locker am Hals. Allerdings wirkte sein Bemühen, gelassen zu erscheinen, etwas gekünstelt, denn der nicht nur von der Sonne gerötete Kopf und der intensive Körpergeruch, der sich im Raum ausbreitete, zeugten von etwas anderem. Hinter dem professoralen Gehabe verbarg sich nackte Angst.

»Ich stehe zu dem, was ich getan habe«, dozierte Varnholt weiter. »Ich habe in einer historisch zugespitzten Situation staatsbürgerliches Engagement bewiesen, auch wenn manche das anders sehen.«

»Zum Beispiel die, die Sie bespitzelt haben«, sagte ich. »Die konnten ihren Lehrerberuf an den Nagel hängen, für den sie lange studiert hatten.«

»Na und? Niemand hat sie gezwungen, von Klassenkampf und der Diktatur des Proletariats zu faseln oder die Ermordung von politischen Gegnern für legitim zu erklären. Jeder ist für sich selbst verantwortlich.«

»Waren das nicht auch Jugendsünden?«, fragte ich.

Varnholts Augenlider klapperten. »Schon möglich. Es liegt nicht an mir, das zu entscheiden. Und der Staat hat ja, wenn ich richtig informiert bin, den meisten Gnade erwiesen und ihnen den Einstieg in den studierten Beruf dann doch noch ermöglicht.«

»Das kam für viele zu spät, nach Jahren ohne Berufspraxis.«

»Was wollen Sie von mir, Herr …«

»Wilsberg.«

»Wollen Sie mich erpressen? Da muss ich Ihnen gleich sagen, dass ich auf dem Ohr taub bin.«

»Weshalb sind Sie dann hier? Das hätten Sie mir auch am Telefon sagen können.«

»Weil ich …«, Varnholt griff sich an den Hemdkragen, als bekäme er nicht genug Luft, »… mit Ihnen von Angesicht zu Angesicht reden wollte. Um keine Missverständnisse aufkommen zu lassen.«

»Hat Kaiser Sie erpresst?«, fragte ich unvermittelt.

»Was?«, schnappte er. »Was hat Kaiser damit zu tun?«

»Tun Sie doch nicht so unschuldig!«, schnauzte ich ihn

an. »Die Unterlagen über Ihre V-Mann-Tätigkeit, von denen ich sprach, hat Kaiser gesammelt. Es liegt doch auf der Hand, was er damit vorhatte: Er wollte Sie bloßstellen.«

Auf Varnholts Oberlippe bildete sich eine Pfütze. »Das ... das habe ich nicht gewusst.«

»Merkwürdig nur, dass in Kaisers Haus eingebrochen wurde, nach seinem Tod. Und dass der Einbrecher in Kaisers Arbeitszimmer genau diese Unterlagen gesucht hat.«

»Wollen Sie behaupten, dass ich ...«

»Nicht Sie persönlich«, fuhr ich ihm in die Parade. »Sie werden jemanden dafür bezahlt haben, dass er Ihnen das belastende Material beschafft.«

»Das ist ja unerhört«, behauptete der Professor. »Ich bin doch kein ...«

»Mörder?«, schlug ich vor.

»Wie?« Er schien einer Herzattacke nahe. »Was sagen Sie da?«

»Dass Sie und Kaiser verfeindet waren, ist ein offenes Geheimnis.«

Varnholt zog ein Stofftaschentuch aus der Hosentasche und trocknete sein Gesicht. »Wieso rede ich überhaupt noch mit Ihnen?«, nuschelte er an dem Taschentuch vorbei. »Ich sollte zur Polizei gehen.«

»Tun Sie sich keinen Zwang an!« Ich deutete auf das Telefon, das auf dem Schreibtisch stand. »Rufen Sie die Polizei an! Am besten die Mordkommission.«

Er starrte auf das Telefon, als wäre es ein giftiges Insekt.

»Nun?«, fragte ich höhnisch. »Was ist?«

Als er sich vorbeugte, sah er aus wie ein alter Mann. »Dass ich mich mit Kaiser häufig gestritten habe, stelle ich ja gar nicht in Abrede. Aber es handelte sich um akademische Auseinandersetzungen. Ich war nicht damit einverstanden, dass er einen großen Teil des Etats und der personellen Ressourcen für seine persönlichen Interessen verwandte.«

»Die Geheimsprachen«, warf ich ein.

»Ja. Sehen Sie, wir sind ein kleines Institut. Wir haben vielfältige Aufgaben. Deshalb können wir uns nicht einseitig auf ein ganz spezielles Thema fokussieren. Das ist …«

»Orchideenforschung«, ergänzte ich. »Was Sie so lange öffentlich erklärt haben, bis Kaiser Sie angezeigt hat, worauf Sie mit Gegenklagen geantwortet haben.«

»Wir haben mit harten Bandagen gekämpft«, gab Varnholt zu. »Kaiser war einfach rücksichtslos, wenn es um die Vertretung seiner Interessen ging. Fragen Sie doch Frau Dr. Kohlmann! Alles, was nur irgendwie möglich war, hat Kaiser auf sie abgewälzt. Denn er hatte ja meistens Wichtigeres zu tun. Was das war, muss ich ja wohl nicht sagen. Ein Wunder, dass sie es trotzdem geschafft hat, ihre Habilitation voranzutreiben. Zumal sein anderer Assistent, dieser Weichert, ein Totalausfall ist. Ein kranker Mann, menschlich sicherlich anrührend, aber im Hochschulbetrieb einfach fehl am Platz.«

Mir taten die Studenten Leid, die die Wahl zwischen Kaiser und Varnholt gehabt hatten. Es war wirklich schwer zu entscheiden, wer von beiden der Widerlichere gewesen war.

Varnholt zuckte zusammen, als er meinen Gesichtsausdruck sah. Ich gab mir auch keine große Mühe, meine Abneigung zu verbergen.

»Gut«, räumte er ein, »vielleicht hätte ich das eine oder andere in der Vergangenheit nicht so deutlich sagen sollen. Aber das, was Sie mir unterstellen …«

»Sie haben ein Mordmotiv«, erinnerte ich ihn. »Wo waren Sie eigentlich, als Kaiser erschossen wurde?«

»Ich ... Lassen Sie mich überlegen! Ja, ich hatte ebenfalls Sprechstunde. Als ich die Schreie auf dem Flur hörte, war ein Student in meinem Zimmer.«

»Wie heißt der Student?«

»Das weiß ich nicht aus dem Kopf. Da müssen Sie meine Sekretärin fragen.«

»Vielleicht werde ich das sogar.« Ich stand auf. »Oder die Polizei.«

»Ach, Herr ...«

»Wilsberg.«

»Herr Wilsberg, die Unterlagen, die Sie erwähnt haben, sind die noch in Ihrem Besitz?«

»Und wenn es so wäre?«

»Ich würde Sie Ihnen gerne abkaufen.« Varnholt knetete seine Finger. »Nur, damit sie nicht in falsche Hände geraten.«

»Keine Sorge.« Ich lächelte böse. »Sie sind in den richtigen Händen. Und sparen Sie sich den Versuch, noch einmal bei Frau Kaiser einbrechen zu lassen. Dort werden Sie nichts finden.«

Ich ging zur Tür.

»Wie hoch ist Ihr Preis?«, rief Varnholt mir nach.

»Komisch.« Ich blieb stehen. »Sie sind schon der Zweite innerhalb weniger Tage, der mich das fragt. Anscheinend sehe ich käuflicher aus, als ich dachte.«

Seine Antwort wartete ich nicht mehr ab.

Ich kam rechtzeitig nach Hause, um die zweite Halbzeit des Viertelfinalspiels zwischen dem Senegal und der Türkei zu gucken. Nachdem ich mir eine Pizza aufgewärmt und sie gegessen hatte, wurde nicht nur ich, sondern auch der Kick immer müder, bis schließlich die Türken das Golden Goal erzielten.

Danach dachte ich kurz daran, den restlichen Samstagnachmittag damit zu verbringen, meine Geschäftsräume zu putzen, beschloss jedoch, dass ich dafür nicht in der richtigen Stimmung war. Es wurmte mich, dass ich im Fall Kaiser auf der Stelle trat. Was hatte ich schon von Professor Varnholt erfahren? Dass er scharf auf die Unterlagen über seine V-Mann-Tätigkeit war. Darauf war ich auch schon vor dem Besuch in seinem miefigen Büro gekommen.

Noch mehr wurmte es mich, dass mir die Ideen ausgingen. Ich fühlte mich schlapp und ausgebrannt. Vielleicht wurde ich für den Job langsam zu alt. Gerade noch gut genug, um jemanden zu überführen, der seine Versicherung mit einer vorgetäuschten Krankheit betrügen wollte. Aber zu fantasielos, um einen Mordfall zu lösen.

Das Telefon klingelte.

»Wie geht's?«, fragte Franka.

»Bescheiden. Ich steigere mich gerade in einen Samstagnachmittagblues hinein.«

Franka lachte. »Vielleicht sollten wir uns mal treffen.«

»Warum nicht? Hast du heute Abend Zeit?«

»Heute Abend?« Ich hörte im Hintergrund eine Männerstimme. »Heute Abend haben wir schon was vor.«

»Wer ist wir?«, fragte ich enttäuscht.

»Claus Achim und ich. Claus mit C. Habe ich dir noch nicht von ihm erzählt?«

»Nein.« Ich sagte mir, dass ich keinen Grund zur Eifersucht hatte. Schließlich war es vollkommen logisch, dass Franka den Samstagabend lieber mit einem jungen, hübschen Kerl als mit einem alten, verbitterten Privatdetektiv verbrachte.

»Wie wäre es mit morgen früh?«, schlug Franka vor. »So gegen elf?«

»Warte, ich schau mal in meinem Terminkalender nach. Ja, ich glaube, ich könnte mir morgen früh eine Stunde freischaufeln.«

»Klasse. Bist du im Fall Kaiser weitergekommen?«

»Wie man's nimmt. Ich habe schon wieder einen neuen Verdächtigen. Langsam verliere ich den Überblick. Weiß du, in meinem Alter ist man froh, wenn man noch die Namen behält.«

»O Gott!«, seufzte Franka theatralisch. »Du bist ja wirklich mies drauf. Stürz dich bitte nicht aus dem Fenster!«

»Gut, dass du mich daran erinnerst, ich wollte sowieso die Fenster vernageln.«

»Okay, dann bis morgen. Treffen wir uns in der Eisdiele an der Kreuzkirche?«

»Ich werde da sein«, versprach ich.

Dann blieb ich auf meinem Bürosessel sitzen und wartete darauf, dass sich meine Stimmung besserte. Da konnte ich lange warten. Samstagabende waren für allein lebende, mäßig erfolgreiche Privatdetektive das reine Gift. Nur noch zu toppen von langweiligen Sonntagen.

Franka trug Jeans, Sneakers und ein Top mit Spagettiträgern. Das Wetter hatte sich auf den mitteleuropäischen Sommer eingependelt, es war zwar warm, konnte aber jederzeit kühl werden und gelegentliche Regenschauer waren auch nicht ausgeschlossen. Deshalb hatte sich meine ehemalige Assistentin auch noch einen blauen Baumwollpulli über die Schultern gelegt.

»Du hast dich schon mal mehr gefreut«, kritisierte sie meine zurückhaltende Begrüßung.

»Seitdem du aussiehst, als gehörtest du zu diesen Ich-bin-schön-und-erfolgreich-Frauen, habe ich Angst, dass ich dein Make-up verwische.«

»Ich benutze überhaupt kein Make-up, abgesehen von ein bisschen Lidschatten und Lippenstift. Bist du etwa eifersüchtig wegen Claus Achim?«

»Es fällt mir schwer, auf jemanden eifersüchtig zu sein, der Claus mit C Achim heißt. Schon weil ich dabei an Imkes neuen Ehemann denken muss, der Carl mit C heißt. Ich verstehe nicht, was die Leute gegen das gute alte K haben. Wer ist denn Claus Achim?«

»Ein Rechtsanwaltskollege.«

»Ach, du verkehrst nur noch in deinen Kreisen?«

»Georg!«

»Okay, ich hör ja schon auf.«

Wir setzten uns auf zwei Plastikstühle unter einen Sonnenschirm. So früh am Morgen war an der Kreuzkirche noch nicht viel los. Die Studienrätinnen mussten sich noch von der letzten Nacht mit ihren knackigen Liebhabern erholen. Sie wurden schließlich auch nicht jünger.

»Wir sind noch in der Probephase«, sagte Franka. »Ich weiß nicht, ob sich daraus eine langfristige Beziehung entwickelt.«

»Ihr könntet eine gemeinsame Praxis aufmachen«, sinnierte ich.

»An so etwas denke ich überhaupt nicht.«

Ein korpulenter Italiener mit Schürze kreuzte an unserem Tisch auf.

Ich bestellte einen Eiskaffee, Franka einen Kaffee, ohne Milch und Zucker. Wegen ihrer Figur.

Dann berichtete ich von Maries Fund und meiner Begegnung mit Professor Varnholt.

Franka hörte aufmerksam zu. »Immerhin ist das die erste vernünftige Erklärung für den Überfall auf Marie. Der Täter hat sich doch, nach deiner Einschätzung, für Kaisers Arbeitszimmer interessiert. Was mir übrigens Marie erzählt hat. Ohne meine Telefonate mit Marie und Stürzenbecher wäre ich schon längst nicht mehr auf dem Laufenden. Von dir höre ich ja kein Wort.«

»Du hast Recht.« Ich löffelte das Eis aus dem kalten Kaffee. »Aber zwischendurch ist meine Tochter verschwunden.«

Franka riss Augen und Mund auf. »Sarah?«

»Nichts Ernstes. Sie hat eine Fünf in Mathe bekommen und es vorgezogen, in meiner Wohnung eine Auszeit zu nehmen, während ich in Lüdinghausen war und zusammen mit Imke in Panik geraten bin.«

»Das muss die Hölle gewesen sein«, sagte Franka mitfühlend.

»Es war nervenaufreibend. Und der tote Kaiser war mir auf einmal völlig egal.«

»Das kann ich verstehen.« Franka streichelte meinen Dreitagebart.

»Sei nicht zu nett zu mir!«, sagte ich. »Was soll Claus Achim denken?«

»Der ist doch nicht da.«

»Um auf Varnholt zurückzukommen.« Ich schob den Eisbecher zur Seite und steckte mir einen Zigarillo an. »Er schien ehrlich überrascht, als ich ihm sagte, dass Kaiser die Verfassungsschutzakten besessen hat.«

»Das kann gespielt gewesen sein.«

»Denkbar. Aber eigentlich traue ich ihm so viel kriminelle Aktivität nicht zu. Und schon gar nicht den Mord an Kaiser. Kaiser und Varnholt waren zwei eitle Hähne, die sich vor Gericht bekriegt haben. Doch so ein Professor greift nicht einfach zum Gewehr und knallt seinen Konkurrenten ab.«

»Morde passieren in jeder Gesellschaftsschicht. Hat er ein Alibi?«

»Nach einigem Nachdenken. Er behauptet, ein Student sei in seiner Sprechstunde gewesen, als der Schuss fiel.«

»Das sollten wir überprüfen.«

Ich nickte. »Das werde ich. Außerdem müssen wir die Verfassungsschutzunterlagen Stürzenbecher übergeben. Schließlich handelt es sich um Beweismaterial.«

»Und wen hast du noch auf der Liste?«, fragte Franka. »Du hast von mehreren Verdächtigen geredet.«

»Da wäre noch Wolfgang Kohlmann, der Ehemann von Viola, Kaisers Assistentin. Dass Kaiser Viola begrapscht hat, weißt du ja. Kohlmann hat mir in den Baumbergen sein Jagdgewehr vorgeführt.«

»Wann war das denn?«

Ich dachte nach. »Am Donnerstag, glaube ich.«

»Toll! Und das erfahre ich erst jetzt?« Franka wollte sich schon wieder aufregen, besann sich aber eines Besseren.

»Kohlmann hat ein Alibi«, sagte ich leichthin. »In diesem Fall habe ich es selbst überprüft. Seine Sekretärin bestätigt, dass er zur Tatzeit im Büro war.«

»Ein Sekretärinnen-Alibi – was ist das schon wert?«

»Alibi ist Alibi«, widersprach ich. »Womit wir beim Verdächtigen Nummer drei wären, der keines hat. Da du mit Stürzenbecher in engem Telefonkontakt stehst: Was ist aus Daniel Kaiser geworden?«

»Stürzenbecher hat ihn laufen lassen«, sagte Franka.

»Damit habe ich gerechnet.«

»Sie haben seine Wohnung auf den Kopf gestellt, aber nichts Verdächtiges gefunden. Er besitzt kein Gewehr und gehört keinem Sportschützenverein an. Um auf eine solche Entfernung sauber zu treffen, musst du Schießübungen gemacht haben. Man kann Daniel nur vorwerfen, dass er seinen Vater gehasst hat. Das ist allerdings nicht strafbar.«

»Siehst du, das meinte ich damit, dass es zwar viele Leute mit Mordmotiven, aber keinen Favoriten für die Täterrolle gibt.«

Wir schwiegen.

»Und was ist mit der Verdächtigen Nummer vier?«, fragte Franka.

»Ich weiß nicht, von wem du redest.«

»Weil du sie ausklammerst. Weil du nicht möchtest ...«

»Ich kenne Marie inzwischen ganz gut«, sagte ich gereizt. »Sie ist keine Mörderin.«

»Marie ist eine nette, gut aussehende Frau ...«

»Ach!«

»... die klug genug ist, nicht nur dich um den Finger zu wickeln, sondern auch ihren Mann zu durchschauen.«

»Niemand wickelt mich um den Finger«, behauptete ich.

Franka legte ihre Hand auf meinen Arm. »Sie ist so gut, dass du es nicht einmal merkst.«

»Danke. Ich werde deine Worte in Erinnerung behalten. Nicht mehr und nicht weniger.«

Wir schwiegen wieder. Erste, vereinzelte Regentropfen fielen auf den Sonnenschirm. So war das mit dem mitteleuropäischen Sommer.

XI

Die Sekretärin des verblichenen Professor Kaiser hatte ihre Nerven wieder einigermaßen im Griff und wagte sogar ein zaghaftes Lächeln, als ich am Montagmorgen ihr Zimmer betrat.

»Haben Sie den Mörder geschnappt?«, erkundigte sie sich. Für sie war ich immer noch Polizist.

»Wir sind nah dran«, knurrte ich in einem Ton, der ihre Armhaare aufrichtete. »Wie gut kennen Sie die Sekretärin von Professor Varnholt?«

»Na ja …«

»Wir müssen da etwas überprüfen«, erklärte ich geheimnisvoll. »Und es wäre besser, wenn Professor Varnholt nichts davon erführe, verstehen Sie?«

Auf ihrem Hals breiteten sich rote Flecken aus. »Sie meinen …«

»Ich meine gar nichts.« Ich schaute ihr in die Augen. »Wir brauchen den Namen des Studenten, der in Varnholts Zimmer war, als …«

»… Professor Kaiser erschossen wurde?«, flüsterte sie.

Ich nickte.

»Hat er …«

»Bitte!« Ich hob die Hände. »Ich darf dazu keine Auskünfte geben. Es handelt sich um eine laufende Ermittlung. Glauben Sie, dass Sie Varnholts Sekretärin den Namen entlocken können?«

»Ich denke schon.« Sie streckte den Rücken kerzengerade durch und griff zum Telefon.

Mir war es eigentlich egal, ob sie sich geschickt oder

ungeschickt anstellte, solange sie Erfolg hatte, aber sie ging auf die geschickte Art vor.

Nachdem sie eine Weile über das Wetter und die Stimmung im Institut geplaudert hatten, kam Kaisers Sekretärin auf den Punkt: »Du, Varnholt hatte doch auch Sprechstunde, als Kaiser ... du weißt schon.« Sie nickte ihrer unsichtbaren Gesprächspartnerin zu. »Ja, da war kurz vorher ein Student hier, der etwas liegen gelassen hat. Dummerweise habe ich seinen Namen vergessen, aber ich kann mich erinnern, dass er anschließend zu Varnholt wollte. Das heißt, er muss ...«

Die Tür ging auf und Sven Weichert kam herein.

»Ah, da ist ja der Detektiv!« Er simulierte mit Daumen und Zeigefinger eine Lupe, die er sich vors Auge hielt, während er gebückt auf mich zukam. »Was macht Ihre ...«, er zog fünfmal die Nase hoch, »... *Schwuchtel* ... Schnüffelei?«

Die Sekretärin legte den Hörer auf und starrte mich entgeistert an. »Sie sind Detektiv?«

»Wussten Sie das nicht, meine Liebe ... *lovemetender* ... *lutschmichbaby* ...?«

Die Sekretärin bekam einen knallroten Kopf. »Aber Herr Dr. Weichert!«

»Entschuldigen Sie, Frau Voßkamp, das ist mir so rausgerutscht«, sagte Weichert bekümmert.

»Ich habe nie behauptet, dass ich Polizist bin«, stellte ich klar. »Sie haben das nur vermutet.«

»Oh, er hat Sie als *agent provocateur* benutzt, als Minenhund, als Trüffelschwein ...«

»Bitte!«, unterbrach ich ihn. »Machen Sie es nicht noch schlimmer!«

»Verzeihung!« Weichert verstummte.

»Was hat Varnholts Sekretärin denn nun gesagt?«, wandte ich mich an das Objekt seiner Tiraden.

»Es war gar kein Student in Varnholts Zimmer.«

»Aha«, sagte ich. »Wie interessant.«

»Und was heißt das?«

»Wenn ich das wüsste!« Ich ging zur Tür.

»Wo ist eigentlich Viola, die Violette?«, schaltete sich Weichert wieder ein. »Sie lässt mich allein mit all den Studenten ... *Agenten* ... *Intriganten.* Hier geht alles drunter und drüber, rauf und runter, drüber und drauf.«

Ich drehte mich noch einmal um.

»Sie hat sich ...«, die Sekretärin schielte zu der Zeitung, die zusammengefaltet auf der äußersten Ecke ihres Schreibtischs lag, »... krankgemeldet.«

»Die haben doch nicht etwa ein Foto von ihr und Kaiser abgedruckt?« Ich zeigte auf die Zeitung.

»Nein.« Das Gesicht von Frau Voßkamp durchlief ein Wechselbad der Farben, im Moment tendierte es zu zartrosa. »Aber einen Artikel.«

Ich schlug die Zeitung auf.

Auf der Westfalenseite sprang mir die Überschrift *Toter Professor vernascht Assistentin* ins Auge. Für solche Überschriften war lebenslanges Schreibverbot im Grunde eine zu harmlose Strafe.

»Ich konnte doch nicht ahnen, dass er Journalist ist«, sagte Voßkamp mit tränenerstickter Stimme.

Ein paar Sekunden lang herrschte absolute Stille. Selbst Weichert gab kein Geräusch von sich.

»Wieso?«, fragte ich.

»Er hat mir das Foto gezeigt und gefragt, wer das ist. Da habe ich gesagt: Das ist Frau Dr. Kohlmann. Ich war ja so perplex, als ich das Foto gesehen habe.«

»Das hätte er sowieso rausgekriegt«, beruhigte ich sie. »Da müssen Sie sich keine Vorwürfe machen.«

»Woher hatte der bloß das Foto?«

»Von wem wohl?« Weichert funkelte mich an. »Von unserem grandiosen Sherlock.«

»Nein«, widersprach ich. »Von mir nicht. Das war jemand von der Polizei.«

»Das soll ich Ihnen glauben?«

»Ja. Wir haben per einstweiliger Verfügung erwirkt, dass die Zeitung keine weiteren Fotos veröffentlichen darf. Aber gegen einen Artikel kann man natürlich nichts machen.«

Ich verließ den Raum und Weichert folgte mir. Als ich das Handy an seinem Gürtel sah, kam mir eine Idee. Ich tastete suchend mein Jackett ab und fragte dann: »Entschuldigen Sie, könnte ich wohl mal kurz Ihr Handy benutzen? Ich habe meins im Büro vergessen.«

»Natürlich.« Er gab mir das Gerät.

Ich ging ein paar Schritte zur Seite und ließ mir dabei die versendeten SMS anzeigen. Meine Telefonnummer war nicht darunter. Aber das musste nichts bedeuten, er konnte sie gelöscht haben.

Ich rief Franka an und bestätigte, was wir ohnehin vereinbart hatten, nämlich uns im Polizeipräsidium zu treffen.

»Die arme Viola«, sagte Weichert, als ich ihm das Handy zurückgab, »jetzt muss sie nicht nur das Gespött der akademischen Mischpoke … *Pocken* … *Socken* … *Flocken* ertragen, sondern hat auch noch Ärger mit ihrem Aaa… *Arsch-*«, er hustete, »… Ehemann. Zum Glück ist sie ja bald in Leipzig. Ich dagegen …«

»Was ist mit Ihnen?«, fragte ich.

»Mein Vertrag läuft aus. Und als Touretter werde ich wohl kaum eine Professorenstelle kriegen, wo die Campusse ... *Pussy* ... mit arbeitslosen Privatdozenten gepflastert sind.« Er tippte mir fünfmal auf die Schulter. »Muss nicht Ihre Sorge sein, Sam Spade.«

»Stimmt«, sagte ich. »Ich habe andere Sorgen.«

Hauptkommissar Stürzenbecher hatte den obersten Hemdknopf geöffnet und die Ärmel bis zum Ellenbogen aufgerollt. Mit schweißfeuchter Stirn brütete er über den Verfassungsschutzdokumenten, die wir ihm präsentiert hatten.

»Na schön«, sagte er schließlich, »Varnholt hat also vor zwanzig Jahren für den Verfassungsschutz gearbeitet. Mehr oder weniger ist das auch meine Firma, deshalb kann ich ihm daraus schlecht einen Vorwurf stricken. Dass Kaiser die Akten besessen hat, ist allerdings schon weniger legal.«

»Kaiser wollte Varnholt damit diskreditieren«, sagte ich, »und Varnholt ist scharf auf das Material, er hat mir Geld geboten.«

»Moment!«, stoppte mich Stürzenbecher. »Dass die beiden sich nicht leiden konnten, wissen wir längst. Was ist demnach neu an der Sache?«

»Der Überfall auf Frau Kaiser ergibt nun einen Sinn«, sprang Franka ein. »Der Täter hat sich in Kaisers Arbeitszimmer aufgehalten, wie Georg beobachtet hat, und genau dort befanden sich die Dokumente.«

Stürzenbecher grunzte. »Varnholt hat sich als Ninja verkleidet und ist wie ein junger Hüpfer davongerannt. Wem wollt ihr das erzählen? Der Mann ist schließlich fast sechzig.«

»Er hat jemanden für den Einbruch engagiert«, schlug ich vor.

»Ach ja? Und wen? Das sind doch alles reine Vermutungen. Damit kann ich nicht gegen einen Professor vorgehen.«

»Für den Mord an Kaiser hat er kein Alibi«, trumpfte ich auf. »Mir gegenüber hat er behauptet, dass ein Student in seinem Zimmer gewesen sei, aber seine Sekretärin sagt, dass er allein war. Das heißt, er kann auch unbemerkt auf die andere Straßenseite gegangen sein.«

Stürzenbecher grinste. »Er hat vorhin hier angerufen und seine Aussage korrigiert. Er habe sich auf seinen Terminkalender verlassen, dabei sei ihm entfallen, dass der letzte angemeldete Student gar nicht gekommen ist.«

»So etwas nennt man wohl Vorwärtsverteidigung«, höhnte ich.

»Ja, und es war das Geschickteste, was er tun konnte.« Der Hauptkommissar stützte sich auf seine Unterarme. »Hör zu, Wilsberg: Ich kann den Typen genauso wenig ausstehen wie du. Aber das, was wir gegen ihn haben, ist zu dünn. Sollte sich etwas Neues ergeben, werde ich ihn mir zur Brust nehmen. Vorher nicht.« Er lehnte sich zurück. »Sonst noch was? Ich habe gleich eine Dienstbesprechung.«

»Was ist mit der Fotogeschichte?«, fragte Franka. »Heute ist schon wieder ein Artikel erschienen.«

»Ich weiß«, antwortete Stürzenbecher. »Aber ohne Foto.«

»*Viola K., die Assistentin von Prof. Kaiser* – da weiß doch jeder, wer gemeint ist.«

»Die Sache tut mir außerordentlich Leid.« Der Hauptkommissar meinte es ernst. »Die Abteilung für interne

Angelegenheiten hat den Schuldigen ausfindig gemacht, einen Mann aus der Technik, der die Fotos ausgedruckt hat. Er ist suspendiert worden und hat mit seiner Entlassung zu rechnen.«

»Wir werden eine Schmerzensgeldklage anstrengen«, sagte Franka.

»Ihr habt mein vollstes Verständnis. Bei solchen Dingen hört der Corpsgeist für mich auf. Aber mehr als mich entschuldigen kann ich persönlich nicht.«

»Das hat ja nicht viel gebracht«, meinte Franka enttäuscht, als wir wieder auf der Straße standen.

»Ich habe nicht mehr erwartet«, entgegnete ich. »Wie ich dir schon gestern sagte: Auch für mich ist Varnholt nicht der Favorit. Da passt zu vieles nicht zusammen.«

»Was wirst du jetzt tun?«, fragte meine ehemalige Assistentin.

»Ich weiß nicht.« Ich schaute zu den Autoschlangen, die sich vierspurig über den Friesenring quälten. »Vielleicht sollte ich es mal bei Viola Kohlmann versuchen. Sie ist bestimmt in einer Stimmung, in der sie mir entweder die Tür vor der Nase zuknallt oder ihre Lebensbeichte ablegt.«

Die Kohlmanns wohnten in Handorf, einem dörflichen Vorort im Nordwesten Münsters. Ruhige Straßen, gepflegte Vorgärten und Einfamilienhäuser, in denen der gehobene und höhere Mittelstand unter sich war. Welche Dramen sich hinter den Ziergardinen abspielten, blieb den Nachbarn zumeist verborgen.

Dass bei den Kohlmanns der Haussegen schief hing, war unschwer zu erahnen. Ich hoffte, dass der jagende

Ehemann zu dieser Tageszeit in seiner Kugellagerfabrik beschäftigt war, denn auf eine Fortsetzung unseres Baumberger Jagdhüttengesprächs konnte ich gerne verzichten.

Zum Glück war es Viola Kohlmann, die die Tür öffnete. Ihre Wimperntusche war verschmiert, sie sah verheult aus.

»Was wollen Sie denn?«, blaffte sie mich an.

»Mit Ihnen reden«, sagte ich freundlich.

Sie lachte empört. »Sie haben mir doch die ganze Scheiße eingebrockt.«

»Nein«, widersprach ich. »Die Fotos sind von einem Mann bei der Polizei weitergegeben worden. Er ist inzwischen identifiziert und war die längst Zeit bei der Polizei beschäftigt.«

»Das nützt mir wenig.« Sie legte eine Hand auf den Bauch. »Oh, verdammt!« Abrupt drehte sie sich um und rannte ins Innere.

Ich nutzte die Chance, betrat den Flur und schloss die Tür hinter mir. Das machte es für sie schon etwas schwerer, mich abzuweisen. Aus einem am Flur gelegenen Raum, dessen Tür nur angelehnt war, vermutlich der Gästetoilette, kamen würgende Geräusche.

Als mir Viola Kohlmann erneut gegenübertrat, war sie noch bleicher als zuvor.

»Mir geht es wirklich mies, mein Magen rebelliert, ich bin, auf Deutsch gesagt, am Arsch. Und ich habe nicht die geringste Lust, mit Ihnen zu reden.«

»Die Sache tut mir furchtbar Leid«, sagte ich. »Glauben Sie mir, das habe ich nie beabsichtigt.«

»Sparen Sie sich Ihr Gesülze!« Das klang mehr frustriert als entschlossen.

»Sie sollten sich setzen«, schlug ich vor. »Sie sehen aus, als könnten Sie gleich umfallen.«

Sie zögerte.

Ich ergriff die Gelegenheit und ihren Arm.

»Lassen Sie das!« Sie schüttelte meine Hand ab, ging aber, ohne mich ausdrücklich des Feldes zu verweisen, durch einen gemauerten Rundbogen in ein angrenzendes Wohnzimmer und ließ sich in einen Sessel fallen. Ich fasste das als indirekte Einladung auf und setzte mich ihr gegenüber.

Ungefähr eine halbe Minute lang hielt sie den Kopf gesenkt, die Augen hinter den herunterhängenden Haaren versteckt.

»Sie können sich ja vorstellen, was hier los war«, sagte sie schließlich mit dumpfer Stimme. »Mein Mann will die Scheidung. Das wäre …« Sie verstummte.

Ich wartete.

»… nicht einmal das Schlimmste. Unsere Ehe war sowieso nicht mehr das Gelbe vom Ei. Aber …« Sie zog die Nase hoch. »… die Stelle in Leipzig ist weg. Kaiser hat mich verarscht. Er hat mir erzählt, die Sache sei zu meinen Gunsten gelaufen. Das stimmte überhaupt nicht. Nein!« Sie sprang auf und rannte zur Toilette.

Ich nahm das Handy, das auf dem Tisch lag, und tippte mich zu den versendeten Kurzmitteilungen durch. Meine Telefonnummer: *Verpiss dich, Schnüffler!*

Kohlmann schwankte, als sie zurückkam.

»Soll ich Ihren Arzt anrufen?«, fragte ich.

»Ach nein, das wird schon wieder.«

»Oder einen Kamillentee kochen?«

»Den würde ich sowieso nur auskotzen.« Sie setzte sich stöhnend.

Natürlich war es etwas schäbig, ihre Lage auszunutzen, aber Mord war auch eine schäbige Angelegenheit. »Warum haben Sie mir die SMS geschickt?«

»Was habe ich?«

Ich zeigte ihr den Text.

Sie guckte verständnislos. »Das habe ich nicht geschrieben.«

»Gehört das Handy Ihrem Mann?«

»Nein, das ist schon meins. Allerdings … wann haben Sie die Nachricht bekommen?«

»Am Freitagabend.«

»Da lag das Handy im Institut. Ich habe es am Freitag vergessen.«

Die Ausrede war so schlecht, dass sie schon wieder wahr sein konnte.

»Und warum sollte ich Ihnen so etwas schreiben? Ich habe Kaiser nicht erschossen. Zu dem Zeitpunkt dachte ich noch, er sei mein Ticket für eine bessere Zukunft.«

»Sie haben Kaiser nicht erschossen, aber vielleicht Ihr Mann.«

»Wolfgang?« Sie rang sich ein müdes Lächeln ab.

»Er ist Jäger und schießt gerne.«

»Aber er hatte doch keine Ahnung …«

»Da täuschen Sie sich. Er hat Sie seit langem durchschaut.«

»Woher wissen Sie das?«

»Er hat mit mir geredet, in seiner Jagdhütte in den Baumbergen. Und er hat mir eine Menge erzählt, auch über den Besitzer seiner Firma, einen konservativen, religiösen Mann, der es sicher gar nicht schätzt, wenn die Frau seines leitenden Angestellten einen unsittlichen Lebenswandel führt. Zu Eifersucht als möglichem Tatmotiv kommt noch ein zweites, Frau Kohlmann: Ihr Mann kann schlicht und einfach Angst gehabt haben, dass Ihre Affäre mit Kaiser bekannt wird und er seinen Job verliert.«

In ihren Augen blitzte etwas auf und verschwand wieder.

»Wie gut versteht sich Ihr Mann mit seiner Sekretärin?«

»Die?« Sie lachte gehässig. »Die ist nicht sein Typ. Das Schärfste an ihr sind ihre dritten Zähne.«

Also wieder ein Holzweg.

»Vergessen Sie meinen Mann! Der ist zu feige für einen Mord. Das sehen Sie ja daran, wie er mich jetzt abserviert.« Sie schien sich langsam zu erholen, zumindest war das Grünliche in ihrem Gesicht verschwunden. Manchmal konnte Wut auch eine heilsame Wirkung haben.

Sie stand auf und holte eine Flasche Wasser und zwei Gläser. »Bedienen Sie sich!«

Ich goss beide Gläser voll und leerte meins zur Hälfte.

Sie nahm einen kleinen Schluck. »Ich glaube, mein Magen beruhigt sich etwas.« Sie bedachte mich mit einem spöttischen Blick. »Haben Sie Ihr Pulver verschossen? Sie wirken ziemlich ratlos.«

»Ich begreife das Motiv nicht«, gab ich zu. »Warum wurde Kaiser erschossen?«

»Ich fürchte, da kann ich Ihnen nicht helfen.«

»Womit hat er sich in letzter Zeit beschäftigt?«

»Sie meinen: wissenschaftlich?«

»Ausnahmsweise.«

»Tja …« Sie dachte nach. »Er plante ein Lexikon der Geheimsprachen. Und er hat viel mit Sven Weichert geredet. Ich nehme an, es ging um Svens Habilitation. Über Masematte, das hat er Ihnen bestimmt schon erzählt. Die beiden haben oft stundenlang zusammengehockt.«

Mein Handy klingelte.

Es war Marie: »Es ist mir fast peinlich, Sie immer wieder mit derselben Sache zu behelligen, aber es wurde schon wieder eingebrochen.«

»Geht es Ihnen gut?«

»Ja. Ich bin gerade erst angekommen. Wegen der Beerdigung morgen. Da habe ich gesehen, dass die Terrassentür aufgebrochen worden ist.«

»Haben Sie schon die Polizei angerufen?«

»Nein, aber Frau Holtgreve. Sie will sich darum kümmern.«

»Gut. Ich komme gleich vorbei.«

»Marie?«, fragte Viola Kohlmann.

Ich stutzte. »Ja.«

»Ist ihr etwas passiert?« Sie klang besorgt.

»Nein, es ist alles in Ordnung. Aber eines der großen Rätsel in diesem Fall, abgesehen vom Motiv und dem Täter, ist die Tatsache, dass nun schon zum dritten Mal jemand in das Haus der Kaisers eingedrungen ist. Offenbar gibt oder gab es dort etwas, das uns zum Täter führen könnte. Ich frage mich nur, warum weder Frau Kaiser noch die Polizei es entdeckt haben.«

»Oder Sie«, sagte Kohlmann.

»Oder ich.« Ich stand auf und verabschiedete mich.

»Bestellen Sie Marie einen schönen Gruß von mir!«, rief Kohlmann mir nach.

Ich blieb stehen. »Sind Sie sicher, dass sie sich darüber freuen wird?«

»Da bin ich ganz sicher.«

»Gut.« Ich ging weiter. Die Geliebte ließ der betrogenen Ehefrau einen schönen Gruß bestellen und war sich sicher, dass die sich darüber freuen würde. Auch etwas, worüber ich mal nachdenken sollte.

Stürzenbecher und Franka waren schon da, als ich ankam. Die Leute von der Spurensicherung puderten an den Türen. Ich machte mir keine großen Hoffnungen, dass sie dieses Mal etwas finden würden.

»Ich verlange Polizeischutz für meine Mandantin«, sagte Franka. »Die wiederholten Überfälle und Einbrüche belegen, dass sie sich in Gefahr befindet.«

»Was auch immer der Täter da gesucht hat«, Stürzenbecher zeigte zum Arbeitszimmer, »er dürfte es inzwischen gefunden haben.«

»Vielleicht denkt er, dass meine Mandantin weiß, um was es geht. Dadurch könnte sie zu seinem nächsten Ziel werden.«

»Okay, okay«, erwiderte der Hauptkommissar. »Ich werde sehen, was sich machen lässt. Aber das geht nicht von jetzt auf gleich. Da muss ich erst mit dem Staatsanwalt reden. Polizeischutz ist ein erheblicher Kostenfaktor.«

Marie stand unbeteiligt daneben, als würden die beiden nicht über sie reden.

Ich streichelte kurz ihren Arm. »Alles in Ordnung?«

Marie nickte nur.

Kurz darauf verschwanden die Polizisten und auch Franka verabschiedete sich. Marie und ich standen allein in dem großen, plötzlich stillen Raum.

»Sie fahren wieder nach Hiddingsel, zu Ihrer Familie?«, nahm ich an.

»Tja ...«

Ich schaute sie fragend an.

»Ich habe mich mit meiner Mutter gestritten. Wir können nicht länger als ein paar Tage unter einem Dach leben. Am Anfang geben wir uns Mühe, dann bricht der alte Mutter-Tochter-Konflikt wieder auf. Sie erzählt mir, wie ich meine Kinder erziehen soll, und ich sage ihr, dass sie das nichts angeht.« Marie zuckte mit den Schultern. »Ich werde wohl hier übernachten.«

»Das halte ich für keine gute Idee.«

»Haben Sie einen besseren Vorschlag?«

Wir hatten uns Essen vom *China-Blitz* bringen lassen – Ente mit Bambus und gebratener Eierreis mit Hühnerfleisch und Gemüse, komplettiert durch Chilisoße und Glückskekse. Dazu hatte ich eine Flasche Rotwein geöffnet. Mein Klassiker für ein Abendessen, das weder angenehm noch unangenehm auffällt.

Nach anfänglichem Zögern aß Marie mit gutem Appetit. Wohl auch unter dem Einfluss des Rotweins entspannte sich ihr Gesichtsausdruck. Mir fiel wieder einmal auf, wie schön sie war. Eine schöne und intelligente Frau in meinem Wohnzimmer – wann hatte es das zuletzt gegeben?

»Falle ich Ihnen auch wirklich nicht zur Last?«, fragte Marie.

»Sie fallen mir überhaupt nicht zur Last«, sagte ich. Mir kamen Sätze in den Sinn, die von einer Begegnung unter anderen Umständen handelten, von Sympathie und dem Wunsch, sie näher kennen zu lernen. Aber da ihr Mann am nächsten Tag beerdigt werden sollte, ließ ich sie in der Kiste für ungesprochene Sätze.

»Dass ich hier in Ihrer Wohnung sitze, hätte ich mir heute Morgen noch nicht träumen lassen«, sagte Marie.

»Ich auch nicht.«

Sie lächelte, vermutlich hatte meine Antwort eine Spur zu zweideutig geklungen. »Versprechen Sie sich nicht zu viel davon.«

»Ich verspreche mir gar nichts. Das habe ich aufgegeben.«

»Stammt das aus dem Repertoire des zynischen Privatdetektivs?«

»Vermutlich habe ich zu viele Detektivfilme gesehen.« Ich brachte das dreckige Geschirr in die Küche und füllte die Rotweingläser auf.

»Sie sind ein netter Mann«, sagte Marie. »Sie tun zwar so, als stünden Sie über den Dingen, aber wenn man ein bisschen an der Oberfläche kratzt, kommt ein Mensch mit Gefühlen zum Vorschein. Ich habe gesehen, wie viel Angst Sie um Ihre Tochter hatten. Und immer wenn ich Sie brauchte, waren Sie da.«

»Bitte«, sagte ich, »kratzen Sie nicht! Es kommt auch ein Mann zum Vorschein, der sich verlieben könnte.«

Sie senkte den Blick. »Ich wollte Sie nicht verletzen.«

»Das tun Sie nicht.« Ich bemühte mich, ruhig zu sprechen. »Ich finde es schön, dass Sie das sagen. Aber wir sollten nicht vergessen, dass Ihr Leben aus den Fugen geraten ist. Unter anderen Umständen wären wir uns nie begegnet oder hätten uns wenig zu sagen. Wenn die Geschichte vorüber ist, werden Sie mich bald vergessen.«

»Das glaube ich nicht«, sagte sie schnell. »Ich werde Sie nicht vergessen.«

Sie stand auf und setzte sich neben mich. Ich legte meinen Arm um ihre Schulter. Ihre Augen waren geschlossen und der Mund leicht geöffnet, als sie mir ihren Kopf zuwandte. Während ich sie küsste, berührte ich mit der Hand ihre Gesicht, fühlte ihre sanfte, weiche Haut. Sie legte ihre Hand auf meine Brust und ich ließ meine Finger über ihren Körper wandern.

Die Zeit machte einen Aussetzer. Ich weiß nicht, wie

lange wir nebeneinander saßen und uns küssten, nur, dass wir irgendwann in mein Schlafzimmer gingen und das nachholten, wovon ich in der ersten Nacht in ihrem Haus geträumt hatte.

XII

Das riesige Areal des Zentralfriedhofs musste jedem Grundstücksmakler wie eine gigantische Verschwendung vorkommen. Es gab keine bessere innerstädtische Lage, der Zentralfriedhof erstreckte sich zwischen Aasee und Schlosspark, Sentruper Höhe und dem Gelände des alten Zoos, von dem noch ein paar kümmerliche Mauerreste im Parkambiente übrig geblieben waren, in dem Teil, den das protzige weiße Bankgebäude nicht besetzt hatte. Mit herrschaftlichen Villen und luxuriösen Apartmentgebäuden hätte man in dieser Gegend viele Millionen verdienen können, stattdessen waren ihre Bewohner nicht nur mittellos, sondern auch eine Ewigkeit davon entfernt, den Luxus genießen zu können.

Ich blieb vor der Gedenkstätte für Schwester Euthymia stehen. Unter dem Dach des auf einer Seite offenen Gebäudes befanden sich an die hundert Blumensträuße und ebenso viele Grablichter, die Blumensträuße dicht nebeneinander, die Grablichter im exakten Abstand von zwanzig Zentimetern, wie es eine an der Seitenwand angeschlagene Vorschrift forderte. Früher, als Euthymia noch nicht selig gesprochen war und ihr Grabstein unter dem freien Himmel stand, hatten die ungeordnet abgelegten und abgestellten Sträuße und Kerzen mehr als einmal zu einem offenen Brand geführt. Jetzt hatte Euthymia ein Dach über dem Kopf und die Grablichter brannten in mustergültiger Ordnung.

Zwei ältere Paare, mit und ohne Gehhilfen, ein Mann mit kurzer Hose und rotem Schlips und zwei steinerne

Frömmigkeit ausstrahlende Frauen verharrten in stiller Andacht. Längst hatte die 1914 im münsterländischen Halverde als Emma Üffing geborene Euthymia den anderen münsterschen Vorzeigekatholiken, Kardinal von Galen, von Platz eins der Verehrungshitliste verdrängt. Und doch hatten beide etwas Gemeinsames, nämlich einen Hauch von Widerstand in der Nazizeit. Während von Galen gegen das Euthanasieprogramm Hitlers wetterte, pflegte die dem Orden der Clemensschwestern angehörende Euthymia als Krankenschwester Kriegsgefangene und Fremdarbeiter, die sie dafür zum *Engel der Liebe* erkoren. Nach dem Krieg brachte es Euthymia noch bis zur Leiterin der Wäscheabteilung in der Raphaelsklinik, bevor sie ein früher Tod endgültig in die *Hall of Fame* der katholischen Kirche beförderte, offiziell besiegelt durch die päpstliche Seligsprechung im Oktober 2001.

Ich schaute zum platanengesäumten Weg, auf dem sich der Trauerzug näherte. Zur Trauerfeier in der außerhalb des Friedhofs gelegenen Kapelle war ich zu spät gekommen. Ich hatte schlicht und einfach verschlafen. Als ich aufgewacht war, hatte neben mir nur ein Zettel gelegen: *Bis bald! Marie.*

Nach meiner Schätzung hatte ich gut drei Stunden geschlafen. Die Dämmerung war längst in einen trüben, Wolken verhangenen Tag übergegangen, als mir die Augen zufielen. Bis dahin hatten wir uns geliebt, mehr oder weniger zusammenhanglos geredet und wieder geliebt. Die Nacht war wunderschön gewesen und trotzdem gab mir der Zettel einen Stich. Er wirkte wie die Eintrittskarte für einen Kinofilm – nach der Vorstellung.

Vermutlich hatte Marie überhaupt nicht geschlafen, sondern sich gleich angezogen, nachdem ich eingeschlafen war. Ich hätte lieber mit ihr gefrühstückt – oder zumindest einen Espresso getrunken – und mir von ihr versichern lassen, dass es kein Film war, den ich erlebt hatte. Aber ich verstand auch, dass es an diesem Tag in ihrem Leben Wichtigeres gab.

Ich versuchte, ihren Blick einzufangen, doch sie hielt den Kopf gesenkt und folgte dem Priester und den Sargträgern, sechs älteren Männern, die den Sarg nicht trugen, sondern auf einer schwarz gestrichenen Metallkarre schoben. An Maries Händen hingen ihre Kinder, beide mit bleichen, ängstlichen Gesichtern, überfordert von der Inszenierung und der Vorstellung, dass ihr Vater in der braunen Kiste lag. Hinter Marie ging ein älteres Ehepaar, das ich für ihre Eltern hielt. Etwas seitlich, auf Distanz bedacht, trottete Daniel Kaiser. Sein Gesichtsausdruck und seine Körperhaltung waren eine Art posthumer Protest gegen den ungeliebten Vater. Dahinter schloss sich ein schwarzer Menschenstrom an, in dem ich nur wenige Bekannte entdeckte: Viola Kohlmann, Sven Weichert, Kaisers Sekretärin. Die anderen gehörten wohl zu Kaisers Verwandtschaft und dem Uni-Personal. Sogar einige Studentinnen, die kein passendes kleines Schwarzes im Kleiderschrank gefunden hatten, erwiesen Kaiser die letzte Ehre. Ob sie dem Liebhaber oder dem gnädigen Prüfer nachtrauerten, würde auf ewig ihr Geheimnis bleiben. Ganz am Ende tauchten Franka und Hauptkommissar Stürzenbecher auf. Einer dagegen fehlte: Professor Varnholt hatte es nicht übers Herz gebracht, sich von seinem Kollegen zu verabschieden.

Kaisers Grab war nicht weit von der Gedenkstätte Euthymias entfernt. Aus einiger Entfernung beobachtete ich, wie der Sarg abgeseilt wurde, hörte, wie der Priester ohne viel Enthusiasmus den tausendmal wiederholten Satz von unserer staubigen Vergangenheit und aschigen Zukunft rezitierte, und reihte mich in die Schlange der Kondolierenden ein, die Blumen und Erde ins offene Grab warfen. Bei Sven Weichert ging ein Raunen durch die Menge, denn er ließ nicht nur mit lautem Gepolter einige Bücher auf den Sarg fallen, sondern stieß auch Laute aus, die man, böswillig interpretiert, für das Wort *Scheißkerl* halten konnte. Mir entging nicht, dass Viola Kohlmann Marie besonders innig umarmte. Und dann, nach einigen endlosen Minuten, stand auch ich vor Marie. Da fünfzig Augenpaare auf mir ruhten, drückte ich in stummer Zurückhaltung ihre Hand. Ihr Gesicht wurde für einen Moment weicher und sie zwinkerte mir zu. Das reichte, um meinen Magen in angenehme Schwingungen zu versetzen.

Marie hatte darauf verzichtet, die Trauergäste in ein Lokal einzuladen, die schweigsame Spannung, die zwischen den verschiedenen Gruppen herrschte, war ohnehin zu spüren, und so flüchteten die meisten, nachdem die Zeremonie beendet war, zu den Ausgängen des Friedhofsgeländes.

Ich hielt Weichert auf. »Ich habe da noch eine Frage.«

»Die Formulierung kommt mir bekannt vor, Columbo.« Er zuckte und wippte, seine Nervosität wirkte wie elektrisch aufgeladen.

»Ich habe gehört, dass Sie in letzter Zeit oft mit Kaiser geredet haben.«

»So, haben Sie das gehört? Toll, wirklich faszinierend, dass Sie diese schlichte Feststellung wie eine Anklage klingen lassen können. Die Frage, Sherlock, ist doch: Warum sollte er nicht mit mir geredet haben? Er war mein

Professor und ich sein Assistent. Reden gehört bei uns zum Geschäft, wenn Sie verstehen, was ich meine ... *seine ... Leine ... Schweine ...* « Er imitierte ein Grunzen.

»Worüber haben Sie geredet?«, fragte ich, seinen Kommentar ignorierend.

»Warten Sie! Lassen Sie mich nachdenken! Wenn wir nicht über Seminare, Diplom- und Magisterthemen, die Planung der nächsten Semester und Fachbereichsangelegenheiten gesprochen haben, dann ging es sicher um meine Habilitation ... *Schwachsinnsaktion.* Ja, das wird es gewesen sein, Philip-Sam.«

»Und das war so zeitintensiv? Sie sollen stundenlang zusammengehockt haben.«

»Ja.« Er straffte sich, wurde plötzlich ruhig. Der Anflug eines Lächelns huschte über sein Gesicht. »Die Wissenschaft ist zeitintensiv, Hercule. Es gibt nur noch wenige Originalsprecher, die Masematte beherrschen – sagte ich Ihnen das nicht? Die Zeit drängt, die Sprache stirbt mit ihnen aus. Ich muss Nägel mit Köpfen machen. Und Sie, Herr Meisterdetektiv, haben, glaube ich, Ihre Fragen aufgebraucht.«

Er lächelte erneut und ließ mich stehen.

Während ich mich mit Weichert unterhalten hatte, war Marie mit ihren Kindern und dem älteren Paar, bei dem es sich vermutlich um ihre Eltern handelte, zum nördlichen Friedhofstor gegangen, das zur Hüfferstraße führte. Von da aus kam man auf schnellstem Weg nach Gievenbeck und ich nahm an, dass sich in Maries Haus ein relativ ungemütliches familiäres Beisammensein anbahnte. Nicht die beste Gelegenheit, um über vergangene Nächte zu reden. Aber manchmal musste man auch falsche Gelegenheiten ergreifen.

Vor dem Haus stand ein Polizeiwagen. Stürzenbecher hatte sein Versprechen gehalten und für Polizeischutz gesorgt. Die beiden Beamten beäugten mich misstrauisch, als ich zur Haustür schritt. Und ich fühlte mich irgendwie überflüssig, denn jetzt gab es keinen Grund mehr, Marie zu beschützen.

Marie öffnete und schaute mich fragend an.

»Ich möchte nur kurz mit dir reden.«

»Im Moment ist es ungünstig, Georg.« Sie machte keine Anstalten, mich hereinzulassen.

»Ich weiß. Ich verschwinde auch sofort wieder.«

»Gut.« Sie trat zur Seite.

Wir gingen in das Arbeitszimmer ihres verstorbenen Mannes und Marie schloss die Tür hinter uns.

»Meine Eltern sind da«, sagte sie. »Ich habe keinen Bock auf einen Familienstreit.«

»Sag ihnen die Wahrheit: dass ich der Privatdetektiv bin, den du engagiert hast. Ich könnte aus geschäftlichen Gründen hier sein.« Ich spürte, wie sich mein Nacken verspannte. »Ich möchte auch nur einen Satz von dir hören. Sag mir, dass ich letzte Nacht nicht geträumt habe.«

»Du hast nicht geträumt.« Ihre Stimme wurde sanft, sie legte mir ihre Hand an den Hals und schaute mir in die Augen. »Es war sehr schön mit dir. Ich habe es genossen und würde es gern jederzeit wiederholen. Aber ich habe Kinder, die das alles nicht verstehen. Wir sollten ein paar Tage oder Wochen verstreichen lassen.«

Ich nickte. Zum steifen Nacken war ein trockener Mund gekommen.

»Sei mir nicht böse!«, redete Marie weiter. »Versuch, dich in meine Lage zu versetzen!«

»Ich tue mein Bestes«, sagte ich. »Und ich bin gut darin, mich in die Lage anderer Leute zu versetzen.« Ich nahm ihre Hand und drückte sie an meine Lippen. »Ruf mich an, wenn dir danach ist!«

An der Tür drehte ich mich noch einmal um. »Ach, ich habe etwas vergessen: Viola Kohlmann hat mir gestern aufgetragen, dir einen schönen Gruß zu bestellen.«

»Danke«, sagte Marie knapp.

Ich blieb stehen.

»Und?« Sie zog die Augenbrauen hoch.

»Findest du es nicht merkwürdig, dass die Geliebte der betrogenen Ehefrau einen schönen Gruß bestellen lässt und dass es für sie anscheinend genauso selbstverständlich ist wie für dich?«

Marie schaute zur Seite. »Wir kennen uns. Schon lange. Wir haben als Kinder zusammen gespielt, in Hiddingsel, wo wir beide aufgewachsen sind.«

»Alles in Ordnung bei dir, Marie?«, rief eine ängstliche Frauenstimme vom Flur aus.

»Ja, Mutter, alles in Ordnung«, rief Marie zurück. Laut fuhr sie fort: »Ich glaube, wir haben die Fragen jetzt geklärt, Herr Wilsberg.«

»Ja, das sehe ich auch so«, sagte ich.

Ich wünschte der Frau, die wie ein Palastwächter vor der Tür stand, einen guten Tag und verließ das Haus. Die beiden Polizeibeamten starrten mich noch immer an. Meine Augen brannten, aber ich ließ die Hände in den Hosentaschen. Ich hatte ja schon vorher gewusst, dass es die falsche Gelegenheit war.

XIII

Unsere Nationalelf zeigte ihr bestes Spiel bei der Weltmeisterschaft, sah man mal von dem 8:0 gegen die kopflosen Saudis ab. Kahn hielt überirdisch, Ballack tanzte die Südkoreaner aus, sodass ihnen die Kampfschreie im Hals stecken blieben. Es hätte nicht besser laufen können, aber ich war gerade nicht in der Stimmung, mich zu freuen.

»Was ist los mit dir?«, fragte Franka, die mich im Büro besuchte, nachdem die »Es gibt nur einen Rudi Völler«-Gesänge auf der Straße verebbt waren.

»Es geht mir beschissen, danke der Nachfrage.«

»Marie?«

Ich dachte zu lange über die Frage nach, was die Antwort quasi erübrigte.

»Also Marie«, seufzte Franka und ließ sich in den Besuchersessel fallen. »Willst du darüber reden?«

»Eigentlich nicht. Okay, ich habe mich in sie verliebt. Sie war letzte Nacht hier.«

»Ihr habt …«

»Ja, wir haben das gemacht, was auf dem Foto, das als Beweismittel bei der Polizei liegt, nur angedeutet wurde. Oder, mit den Worten von Hauptkommissar Stürzenbecher: Es ist zum Beischlaf zwischen mir und der Tatverdächtigen gekommen, was nicht nur die Tatverdächtige, sondern auch mich umso verdächtiger macht.«

»Klingt trotzdem nicht nach einem tragischen Ereignis«, sagte Franka mit einer gewissen Häme.

»War es auch nicht. Die Nacht war wundervoll. Allerdings hat sie mir heute zu verstehen gegeben, dass ich das

Ereignis nicht überinterpretieren soll. Ihre Kinder würden das nicht verstehen, wir sollten ein paar Wochen verstreichen lassen et cetera blabla.«

»Die Frau ist vernünftig«, stellte Franka fest.

»Ja, sogar sehr vernünftig. Zu dumm, dass ich nicht ebenso vernünftig sein kann. Da sie jetzt unter Polizeischutz steht, habe ich keinen Grund mehr, mich ihr zu nähern. Wenn ich in einem Jahr an ihrer Tür klingle, wird sie mich wahrscheinlich fragen, ob ich ihr einen Staubsauger verkaufen will.«

»Georg«, Franka beugte sich vor, »ihr bleibt keine andere Wahl. Wenn ihr euch offen zusammen zeigt, wird das garantiert Stürzenbecher auf den Plan rufen. Willst du euch beide ins Gefängnis bringen?«

»Warum müssen heute alle Frauen vernünftig sein?«, stöhnte ich. »Womit habe ich das verdient?«

Franka schüttelte den Kopf. »Du weißt, dass ich sie ...«

»Ich weiß, dass du Marie für verdächtig hältst«, unterbrach ich sie. »Und ich bin nach wie vor anderer Meinung. Davon abgesehen, gebe ich zu, dass ihr, Marie und du, Recht habt, was die Öffentlichkeit angeht. Das ändert aber nichts an der Tatsache, dass es mich verrückt macht, hier zu sitzen und Däumchen zu drehen.«

»Dann tu doch was!«, schnauzte mich Franka an. »Lös endlich den verdammten Fall! Dann wird es dir wieder besser gehen.«

»Danke für den Tipp!«, sagte ich. »Darauf wäre ich jetzt nicht gekommen. Hast du auch schon eine Idee, wo ich anfangen soll?«

»Ich habe noch mal über die Verdächtigen nachgedacht«, sagte Franka sachlich. Sie schaute mich an wie eine Mutter, die ihrem dreizehnjährigen Sohn erklärt, warum Killerorgien am Computer blöd sind. »Wenn wir Marie aus den bekannten Gründen ausklammern und davon ausgehen, dass Daniel Kaiser und Professor Varnholt entlastet sind, bleibt Wolfgang Kohlmann übrig. Du sagst, seine Sekretärin gibt ihm ein Alibi. Können wir das knacken?«

»Vielleicht«, sagte ich nachdenklich. »Das Alibi war abgesprochen. Die Sekretärin wusste, dass man sie danach fragen würde.«

»Warum nehmen wir uns Wolfgang Kohlmann dann nicht gründlicher vor?«, fragte Franka.

»Ja, warum eigentlich nicht?«, fragte ich zurück.

Und während wir in der nächsten halben Stunde einen Plan entwickelten, wurde ich langsam wieder lebendig.

Viola Kohlmann war in ihrem Haus und hatte das schwarze Kostüm gegen Freizeitkleidung getauscht. Sie sah wesentlich besser aus als bei meinem letzten Besuch, allerdings sprachen die schwarzen Schatten unter ihren Augen dafür, dass sie die letzte Nacht vorwiegend im wachen Zustand verbracht hatte.

»Sie schon wieder!«, begrüßte sie mich mit einem schiefen Grinsen. Wir würden in diesem Leben wohl keine Freunde mehr werden, aber wir fingen an, uns aneinander zu gewöhnen.

Diesmal ließ sie mich ohne Widerstand ins Wohnzimmer. »Hinter wem sind Sie denn heute her?«

Ich setzte mich. »Immer noch hinter Ihrem Mann.«

Sie verzog das Gesicht. »Das haben wir doch beim letzten Mal schon besprochen. Glauben Sie mir, wenn er es gewesen wäre, würde ich ihn über die Klinge springen lassen. Ich habe keinen Grund, ihn zu schützen.«

»Und doch haben Sie mir etwas verschwiegen.«

Sie schaute mich prüfend an. »Wie kommen Sie darauf?«

Es war ein Bluff, wenn auch nur ein halber. Franka hatte telefonisch mit Kohlmanns Sekretärin gesprochen und deren Reaktion hatte unsere Erwartungen weit übertroffen.

»Sie wissen im Zusammenhang mit dem Alibi Ihres Mannes etwas, das Sie bislang verheimlicht haben.«

Sie kaute auf ihrer Unterlippe. »Soweit ich weiß, bin ich als Noch-Ehegattin nicht verpflichtet, darüber Auskunft zu geben, nicht der Polizei und schon gar nicht Ihnen.«

»Richtig«, bestätigte ich. »Sie haben ein Aussageverweigerungsrecht.«

Mein Handy klingelte. Ich hörte mir an, was Franka zu sagen hatte, und beendete das Gespräch.

»Ist das ein Tick von Ihnen?«, fragte Viola. »Dass Sie sich immer anrufen lassen, wenn Sie bei mir sind, um sich wichtig zu machen?«

»Klar«, lächelte ich. »In diesem Fall könnte man es auch Timing nennen. Ich habe einen Beobachter vor der Firma Ihres Mannes postiert. Er hat mir gerade berichtet, dass Ihr Mann zusammen mit Frau Lansing, seiner Sekretärin, die Firma verlassen hat. Sie sind in den Wagen von Frau Lansing gestiegen und haben dabei einen sehr vertrauten Umgang gepflegt, wie mein Beobachter sagt. Offenbar hat Frau Lansing doch mehr zu bieten als ihre dritten Zähne.«

In ihren Augen blitzte Wut auf. »Sie bluffen.«

»Nein, ich bluffe nicht. Und Sie wissen es.«

»Dieses Schwein«, knirschte sie. »Also gut! Ich habe ihn angerufen, ungefähr zu dem Zeitpunkt, als Kaiser erschossen wurde. Das heißt, ich wollte ihn anrufen, aber seine Sekretärin sagte mir, dass er bereits eine halbe Stunde zuvor gegangen sei. Und sein Handy war ausgeschaltet.«

»Er hat also kein Alibi.«

»Nein«, sagte die Noch-Ehefrau böse. »Er hat kein verdammtes, beschissenes Alibi!«

»Sie sind da drüben reingegangen«, sagte Franka. Sie zeigte auf ein zweistöckiges, frisch erbautes Haus, vor dessen Haustür sich morastiger Lehmboden ausbreitete.

Die Kugellagerfabrik, bei der Wolfgang Kohlmann beschäftigt war, befand sich in Telgte, wie wir ziemlich schnell herausgefunden hatten, denn es gab nicht allzu viele Kugellagerfabriken im Münsterland, und praktischerweise wohnte Frau Lansing auch in Telgte, in einem Neubaugebiet, das so aussah, als habe ein Kind einen Haufen unterschiedlicher Legohäuser auf einem Flickenteppich verteilt.

Die Aufhebung der Vorschrift, die Siedlungshausbauer zu einer gewissen Einheitlichkeit verdammt hatte, mochte zwar den Individualismus beim Hausbau befördert haben, zur Gesamtästhetik solcher Siedlungen trug sie herzlich wenig bei. In diesem Fall kam hinzu, dass einigen Bauherren oder Bauunternehmen wohl das Geld ausgegangen war, denn etliche Doppelhaushälften waren Hälften geblieben, ihre nackten Zwischenwände ragten wie überdimensionierte aufgeschnittene Wurstlaibe in die Höhe.

Mit dem Straßenbau war die Stadt auch noch nicht nachgekommen, die Anbindung der Häuser erfolgte über Schotterwege und Lehmpisten. Das hatte etliche Neubewohner nicht davon abgehalten, hinter weißen Jägerzäunen akkurate Rasenvierecke aufzuforsten. Im Prospekt hieß das dann: *Wohnen am Stadtrand in malerischem Grün.*

»Welchen Eindruck haben sie gemacht?«, fragte ich.

»Die Sekretärin hatte Angst«, sagte Franka. »Sie wirkte völlig aufgelöst und fahrig. Kohlmann hat versucht, sie zu beruhigen. Aber ich wette, ihm geht der Arsch auch auf Grundeis.«

»Dann wollen wir mal zur Tat schreiten«, schlug ich vor.

»Warte!« Sie hielt mich zurück. »Denkst du nicht, es könnte gefährlich werden? Er besitzt Schusswaffen.«

»Hast du ein Gewehr gesehen?«

»Nein. Aber es könnte sich eins in der Wohnung befinden.«

»Das glaube ich nicht.« Ich schaute Franka an. »Du kannst hier bleiben, wenn du willst, und notfalls Stürzenbecher anrufen.«

»Nein.« Sie holte Luft. »Das ziehen wir jetzt gemeinsam durch. Es war schließlich meine Idee.«

Die Haustür stand offen, weil Handwerker etwas ein- oder ausbauten oder sich einfach nur die Zeit vertrieben. Wir stiegen die Treppe zur Wohnungstür in der ersten Etage hinauf. Franka klingelte und stellte sich gut sichtbar vor das Guckloch. Ich postierte mich außerhalb des Blickfeldes.

Im Inneren der Wohnung regte sich etwas, dann fragte eine zittrige Frauenstimme durch die geschlossene Tür: »Wer ist da?«

»Wir haben miteinander telefoniert«, antwortete Franka mit einem Schuss Boshaftigkeit. Schließlich gab sie eine fiese Erpresserin.

Die Tür wurde geöffnet. Franka blieb auf der Schwelle stehen, sodass ich die Tür weiter aufdrücken und mich an Franka vorbei in den Wohnungsflur quetschen konnte.

»Wer ... wer sind Sie denn?«, schnappte eine dürre Blondine, deren lange Nase so bleich war wie ihre künstlichen Zähne.

»Wilsberg! Das hätte ich mir denken können«, geiferte Kohlmann mit überschnappender Stimme. Heute trug er kein Jägerkostüm, sondern einen grauen Anzug und eine grell gemusterte Krawatte. »Er glaubt wohl, er kann mich mit dieser läppischen Erpressungsnummer aufs Kreuz legen.« Kohlmann kam langsam näher und fixierte mich mit einem entschlossenen Blick, während er so tat, als redete er mit seiner Sekretärin.

»Was?«, stammelte die Blonde. Sie schien einem Kreislaufkollaps nahe.

»Wilsberg ist Privatdetektiv«, erklärte ihr Chef. »Er denkt, ich hätte Professor Kaiser, den Chef meiner Frau, getötet. Und da er damit bei mir nicht landen konnte, hat er es nun mithilfe seiner Tussi bei dir versucht, Marion. Die beiden gehen davon aus, dass die Tatsache, dass wir scheinbar auf den Erpressungsversuch eingegangen sind, mein Alibi unglaubwürdig macht. Aber da irren sie sich. Sie haben nichts gegen uns in der Hand.«

»Ach«, sagte die Blonde.

Ich war mir nicht sicher, ob sie verstand, was ihr Kohlmann vermitteln wollte: *Es besteht keine Gefahr. Wir haben nichts zu befürchten. Du kannst bei deiner Lüge bleiben.*

In ihrem Telefonat mit Marion Lansing hatte Franka behauptet, sie wisse, dass die Sekretärin Kohlmann ein falsches Alibi verschafft habe, und für ihr Schweigen Geld gefordert. So war die Verabredung in Lansings Wohnung zu Stande gekommen.

»Wir wollten nur sehen, wer uns erpresst, damit wir diejenigen der Polizei übergeben können«, wandte sich Kohlmann nun direkt an mich. »Aber ihr könnt euch glücklich schätzen, dass ich heute meinen großzügigen Tag habe. Unter der Voraussetzung, dass ihr mir nie wieder unter die Augen tretet, verzichte ich auf eine Anzeige.« Er tippte mir mit dem Zeigefinger auf die Brust. »Und nun verschwinde mit deiner kleinen Schlampe, Freundchen!«

Ich packte seinen Arm mit beiden Händen, drehte ihn mit einer raschen Bewegung um, sodass mir Kohlmann zwangsläufig den Rücken zuwenden musste, und drückte den Arm so weit den Rücken hinauf, bis es knackte und Kohlmann vor Schmerz aufjaulte. Dann gab ich dem Mann einen kräftigen Stoß. Der Manager schoss durch die kleine Diele in den nebenan gelegenen Wohnraum und wäre mit Sicherheit auf dem frisch verlegten Laminat gelandet, wenn ihn nicht ein Polstersessel daran gehindert hätte. Ich folgte ihm in den Raum, der unangenehm nach Farbe und Leim roch.

Kohlmann rappelte sich auf und rieb sich seine malträtierte Extremität. »Das werden Sie bereuen, Wilsberg.«

»Für Sie immer noch Herr Wilsberg«, knurrte ich.

Er sah mir an, dass ich große Lust hatte, ihn zu verprügeln, und schwieg.

Franka führte die apathische Sekretärin zu uns.

»Ist Ihnen eigentlich klar, was Sie sich da einbrocken?«, fragte ich Lansing. »Wenn Kohlmann als Mörder verurteilt wird, sind Sie wegen Mittäterschaft dran. Das kann Ihnen locker drei bis vier Jahre Gefängnis einbringen.«

»Halt den Mund, Marion!«, japste Kohlmann. »Er blufft nur.«

»Sind Sie sicher?«, höhnte ich. »Es gibt eine Zeugin, Herr Kohlmann – Ihre eigene Frau. Sie hat versucht, Sie am letzten Dienstag um siebzehn Uhr, also zur Tatzeit, telefonisch zu erreichen. Da hat Frau Lansing noch geantwortet, Sie, Kohlmann, hätten eine halbe Stunde zuvor die Firma mit unbekanntem Ziel verlassen. Und Ihr Handy war ausgeschaltet.«

»Das ist nicht wahr«, stammelte Kohlmann. »Meine Frau hat nicht angerufen.«

Lansing schossen die Tränen in die Augen. »Ich wollte es dir sagen, aber ...«

Geschlagene zehn Sekunden lang starrte der Manager mit offenem Mund seine Sekretärin an. Dann war die Botschaft bei ihm angekommen.

»Es ist nicht so, wie Sie denken«, sagte er matt. »Ich kann das erklären.«

»Bitte!«, zeigte ich mich nun auch großzügig.

»Ich war im Aegidiimarkt. Aber nur, weil ich in dem Jagdgeschäft im Erdgeschoss Munition kaufen wollte. Ich habe Marions, ich meine, Frau Lansings Wagen genommen, da ich wegen eines defekten Rücklichts meinen Wagen zur Werkstatt bringen musste. Und dummerweise hatte ich mein Handy im Wagen liegen lassen. Das ist alles. Ich habe Kaiser nicht umgebracht.«

Ich holte mein Handy aus der Tasche.

»Warten Sie!«, sagte Kohlmann. »Ich mache Ihnen ein Angebot.«

Ich lächelte. »Es gibt auch Angebote, die man ablehnen kann.« Dann rief ich Stürzenbecher an.

»Deine Methoden mögen nicht immer astrein sein, aber in diesem Fall will ich nicht meckern«, sagte Stürzenbecher.

Wir standen in seinem Büro im Polizeipräsidium. Der Hauptkommissar schaute von mir zu Franka und zuckte mit den Schultern. »Wir haben die Sekretärin natürlich routinemäßig befragt, da hat sie noch behauptet, Kohlmann sei in der Firma gewesen. Also«, er klopfte mir auf die Schulter, »du hast was bei mir gut. Beinahe hätte ich dich ja tatsächlich verhaftet.«

Die Tür zum Nachbarzimmer war geöffnet und ich hörte, wie nebenan Viola Kohlmann die Begrüßung von Kommissarin Brünstrup erwiderte.

»Ein Teil von Kohlmanns Geschichte stimmt sogar«, fuhr Stürzenbecher mit gedämpfter Stimme fort. »Er war tatsächlich in dem Waffengeschäft. Der Verkäufer hat ihn auf einem Foto wieder erkannt.«

»Er war zur Tatzeit in dem Waffengeschäft?«, fragte ich verwundert.

»Kurz davor, natürlich. Darauf muss man erst mal kommen.«

»Aber das war doch völlig blöd von ihm.«

»Wer sagt denn, dass Mörder schlau sind?«, konterte der Hauptkommissar. »Darüber mache ich mir keine Gedanken. Er hat ein Tatmotiv. Er war zur Tatzeit am Tatort und er kann schießen. Selbst wenn er nicht gesteht, kriegen wir ihn in einem Indizienprozess dran.«

Stürzenbecher brachte uns zur Tür.

Ich hörte, wie Viola Kohlmann mit genervter Stimme sagte: »Das habe ich doch schon alles zu Protokoll gegeben.«

»Vorschrift«, sagte Kommissarin Brünstrup.

»Also gut. Meine Mutter heißt Margrit Baumann. Ich bin in Hiddingsel geboren und mein Vater ist immer noch unbekannt.«

»Das müssen wir feiern«, schlug Franka vor. »Was hältst du von einem Bier?«

»Gute Idee«, sagte ich.

Die Sonne verschwand gerade glutrot am Horizont und es war warm genug für ein Bier im Freien. Wir fuhren zum Hafen und setzten uns an einen Tisch mit Holzbänken.

»Du scheinst dich gar nicht zu freuen«, meinte Franka, nachdem wir eine Weile dem plätschernden Wasser, den dümpelnden Schiffen und den Menschen an den Nebentischen zugeschaut hatten. Zurzeit waren Cocktails in Mode, die *Sex am Hafen* und *Safer Sex* hießen.

»Was?«, schreckte ich aus meinen Gedanken auf.

»Denkst du schon wieder an Marie?«

»Nein, im Moment nicht. Oder nur indirekt.«

»Was heißt das?«

»Das sage ich dir lieber nicht. Sonst hältst du mich noch für verrückt.«

»Das tue ich doch sowieso«, lächelte Franka.

XIV

Hiddingsel hatte keine Probleme mit dem Durchgangsverkehr, denn es gab praktisch keinen. Wer nach Hiddingsel kam, wollte oder musste dorthin. Es lag im südlichen Münsterland, in der Nähe von Buldern, das zwar auch kein urbanes Zentrum war, aber immerhin über Anschlüsse an eine Bundesstraße und ans Schienennetz verfügte. Hiddingsel besaß nichts von alledem, nur eine große Kirche und viele kleine Häuser.

Margrit Baumann wohnte in einem Haus, das noch kleiner war als die anderen, kaum fünf Meter breit und von den beiden größeren Nachbarexemplaren optisch erdrückt. Ordentlich und gepflegt sah es trotzdem aus, ungepflegte Häuser wurden in Hiddingsel vermutlich sofort gesprengt.

Margrit Baumann hatte sich ihrem Haus angepasst, sie war klein, ein bisschen kugelig und trug ein wasch- und wetterfestes Kleid zu einer Rundum-sorglos-Frisur.

»Ja?«, fragte sie skeptisch. Fremde kamen selten nach Hiddingsel.

Ich stellte mich vor, sagte, dass ich Privatdetektiv sei, im Mordfall Kaiser ermitteln würde und mit ihrer Tochter gesprochen hätte.

»Viola hat mich gestern Abend angerufen. Wolfgang …« Sie schüttelte in stummer Verzweiflung den Kopf.

»… sitzt in Untersuchungshaft«, beendete ich ihren Satz. »Aber vielleicht hat die Polizei den Falschen erwischt.«

Baumann machte große Augen. »Sie denken, die Polizei irrt sich?«

»Ja, das halte ich für möglich.« Ich schaute demonstrativ nach links und rechts. »Können wir drinnen weiterreden?«

»Ich weiß nicht«, sie drehte sich unsicher um, »ich habe noch nicht aufgeräumt.«

»Ich werde ein Auge zudrücken«, versprach ich.

Sie brachte mich in ein kleines Wohnzimmer, das so aussah, als würde es, abgesehen von Weihnachten, Ostern und Familiengeburtstagen, nie benutzt, ein lebloser Raum mit dem Charme eines Museums. Der Zustand der Unaufgeräumtheit erschöpfte sich wohl darin, dass seit drei Tagen die Nippesfiguren nicht mehr abgestaubt worden waren. Wie ich Margrit Baumann einschätzte, hielt sie sich vorzugsweise in der Küche auf. Dort standen wahrscheinlich ein Fernseher und ein gemütliches Sofa.

»Ich verstehe nicht, warum Sie zu mir kommen«, sagte Baumann, nachdem wir uns gesetzt hatten. »Ich würde Wolfgang ja gerne helfen. Aber wie?«

»Indem Sie mir eine Frage beantworten«, erwiderte ich. Ich lehnte mich zurück und ließ sie schmoren.

Sie klapperte mit den Augen und knetete ihre geschwollenen Finger. »Und welche?«

»Wer ist der Vater von Viola?«, fragte ich.

Die Frage wirkte wie ein Kälteschock. Baumann bewegte nichts mehr, weder die Augen noch die Finger. Ich bereute fast, gefragt zu haben, denn auch von einer Atmung war nichts mehr zu erkennen.

»Frau Baumann?«, fragte ich besorgt.

»Gehen Sie!«, kam es dumpf aus dem rundlichen Körper. »Verschwinden Sie aus meinem Haus!«

Ich war froh, dass sie noch lebte.

»Haben Sie mich nicht verstanden?« Sie wurde lauter.

»Doch, ich habe Sie verstanden«, sagte ich, nun auch etwas forscher. »Aber es geht hier nicht um Familiengeheimnisse. Es geht darum, dass ein Mensch unter Umständen für den Rest seines Lebens wegen eines Mordes ins Gefängnis kommt, den er nicht begangen hat.«

»Damit habe ich nichts zu tun.«

»Ich verstehe auch, dass es schwer für Sie war«, fuhr ich freundlich fort. »In einem Dorf wie Hiddingsel, wo jeder jeden kennt und sich alle übereinander das Maul zerreißen. Heute wäre es wahrscheinlich keine Katastrophe, aber Ende der Sechzigerjahre war es eine Schande, ein uneheliches Kind zur Welt zu bringen. Hat der Pfarrer Ihnen überhaupt noch die Kommunion erteilt?«

Sie antwortete nicht, allerdings schimmerten ihre Augen feucht.

»Warum sind Sie nicht weggegangen?«

»Wo sollte ich denn hin?«, stieß sie empört aus. »Das hier ist mein Zuhause.«

»Allen war klar, dass ein Mann aus dem Dorf der Vater sein musste«, redete ich weiter. »Deshalb haben Sie geschwiegen, über dreißig Jahre lang. Nicht einmal Ihrer Tochter haben Sie etwas gesagt.«

»Wozu auch?«

»Sie haben gesehen, dass sich Viola und Marie angefreundet haben.«

Sie zuckte zusammen.

»Und Sie haben sich gefragt, ob niemand bemerkt, wie ähnlich die beiden aussehen.«

»Was ...«, sie schlug die Hand vor den Mund, »... reden Sie denn da?«

»Ich rede davon, dass Viola und Marie Halbschwestern sind. Der Vater von Marie ist auch der Vater von Viola.«

»Nein«, keuchte Baumann. »Das ist nicht wahr.«

»Es ist wahr. Und irgendwann haben Viola und Marie das herausgefunden.«

»Das ist nicht möglich.«

»Die beiden sind intelligente Frauen«, widersprach ich. »Ich habe keine Ahnung, wie sie es herausgefunden haben, aber dass es so ist, steht für mich fest.«

»Das glaube ich nicht«, sagte Baumann ohne Überzeugung.

Ich stand auf. »Sie sollten mit Ihrer Tochter reden. Es würde Ihnen beiden gut tun.«

Der Polizeiwagen vor dem Haus war verschwunden. Stürzenbecher schien sich sehr sicher zu sein, dass Kohlmann der Mörder war.

»Georg!« In Maries Stimme schwang eine leise Frage mit.

»Wir müssen miteinander reden«, sagte ich.

»Georg, ich habe ...«

»Nicht über dich und mich, sondern über den Mord an deinem Mann.«

»Wenn du meinst«, sagte sie ohne Begeisterung.

Es war ein warmer und sonniger Tag. Die Kinder tobten im Garten herum.

Marie schaute hinaus. »Hauptkommissar Stürzenbecher hat mich angerufen. Er hat mir erzählt, dass er Wolfgang Kohlmann verhaftet hat.«

Ich schwieg.

Sie drehte sich zu mir um. »Und worüber willst du mit mir reden?«

»Darüber, dass du mir die ganze Zeit etwas verheimlicht hast.«

»Was soll das sein?«

»Die Tatsache, dass Viola und du Halbschwestern seid.«

Sie wirkte einen Moment lang erschrocken. »Wie hast du das erfahren?«

»Ich habe es geahnt und Violas Mutter hat es mir bestätigt.«

Marie winkte ihren Kindern zu, die neugierig zu uns herüberschauten. »Das geht niemanden etwas an.«

»Du irrst dich. Es verändert die Sachlage.«

»Welche Sachlage?«

»Ich habe dich immer verteidigt«, sagte ich. »Weder Franka noch Stürzenbecher haben dir abgenommen, dass du nichts von den Affären deines Mannes wusstest. Ich mochte dich, ich habe mich sogar in dich verliebt. Deswegen war ich blind für das, was offen auf der Hand lag: Du hattest deinen Mann längst durchschaut. Entweder bist du allein darauf gekommen oder Viola hat es dir erzählt. Bei dem vertrauten Umgang, den ihr miteinander pflegt, halte ich es für sehr unwahrscheinlich, dass sie dich getäuscht hat.«

Marie stand so dicht vor mir, dass wir uns fast berührten. »Georg, es tut mir Leid. Ich habe oft überlegt, ob ich dich einweihen soll.«

»Und warum hast du es nicht getan?«

»Weil ... weil Viola und ich uns geschworen haben, es niemandem zu verraten. Nicht einmal Günter, mein Mann, wusste davon. Und das aus einem ganz einfachen Grund: Wir wollten meinen Vater und Violas Mutter schützen. Über die Sache ist Gras gewachsen. Es hat lange gedauert, aber inzwischen redet auch in Hiddingsel keiner mehr davon. Stell dir vor, die Geschichte würde wieder aufkochen! Es wäre für meine Eltern und Frau Baumann die Hölle.«

»Warum hast du mich engagiert?«, fragte ich.

Marie wich zurück und begann, auf und ab zu gehen. »Das … Kann ich dir noch vertrauen?«

»Ja. Es sei denn, du hast einen Mord begangen. Dann werde ich es mir noch einmal überlegen.«

»Ich habe keinen Mord begangen.«

Wotan kletterte auf die Terrasse und kam ins Wohnzimmer. »Mama, Nike nimmt mir immer die Schüppe weg!«

Marie nahm ihren Sohn an die Hand und schleifte ihn in den Garten, wo sie Nike ermahnte, mit ihrem Bruder pfleglicher umzugehen.

»Ich hatte natürlich daran gedacht, mich scheiden zu lassen«, sagte sie unvermittelt, als sie zurückgekommen war, »aber aus Rücksicht auf die Kinder und vielleicht auch aus Angst, für mich selber sorgen zu müssen, habe ich nach außen hin den Schein gewahrt. Geschlafen habe ich mit Günter schon lange nicht mehr.« Sie schaute mich an. »Es war vor ein paar Wochen, spät abends, wir lagen schon im Bett. Günter erzählte vom Institut. Er amüsierte sich über Viola, auf eine absolut widerwärtige Weise. Wie sie sich für ihn krumm legen würde, um Karriere zu machen. Er hatte ihr Hoffnungen auf die Professorenstelle in Leipzig gemacht, wusste aber bereits, dass sie die Stelle nicht bekommen würde. Er malte sich aus, was für ein Schock das für sie sein würde. In diesem Moment habe ich beschlossen, die Scheidung zu beantragen. Und ich wollte ihn nicht einfach so davonkommen lassen. Er sollte noch etwas für mich tun, besser gesagt für Viola. Ich war fest entschlossen, ihn dazu zu zwingen, sich für sie einzusetzen. Und dafür brauchte ich ein Druckmittel.«

»Die Fotos«, sagte ich.

»Ja. Mit den Fotos wollte ich ihn erpressen. Entweder er würde Viola eine Stelle verschaffen oder die Fotos würden, auf welche Art auch immer, an die Öffentlichkeit gelangen. Einen genauen Plan hatte ich noch nicht.«

»Ist das alles?«, fragte ich.

»Das ist die ganze Wahrheit.«

Ich ging zu ihr und nahm sie in den Arm. »Das hättest du mir ruhig sagen können.«

Sie lehnte ihre Stirn gegen meine Schulter. »So einfach, wie du dir das vorstellst, war das nicht.«

In meinem Kopf kreisten die Gedanken. Vieles, das ich bislang nicht verstanden hatte, passte jetzt zusammen. Aber es gab immer noch weiße Flecken.

Wir lösten uns voneinander.

»Trotzdem gibt es noch offene Fragen«, sagte ich. »Was hat der Einbrecher im Arbeitszimmer deines Mannes gesucht? Und gibt es einen Zusammenhang zwischen den Einbrüchen und dem Mord?«

»Du hältst Wolfgang Kohlmann für unschuldig?«, fragte Marie.

»Ich bin mir nicht sicher«, antwortete ich. »Mein Gefühl sagt mir, dass er es nicht war.«

»Und wer soll Günter dann getötet haben?«

»He!« Ich schnippte mit den Fingern. »Das ist eine gute Frage.«

Sie grinste. »Mir ist nach einem Kaffee. Willst du auch einen?«

»Klar.«

Wir gingen in die Küche. Marie goss aus einer Thermoskanne Kaffee in zwei Becher.

»Dein Mann soll in der Zeit vor seinem Tod sehr intensiv mit Sven Weichert zusammengearbeitet haben«, sagte ich.

»Sven war Günters Liebling«, bestätigte sie. »Er ist sogar ein paarmal hier gewesen. Dann haben sich die beiden in Günters Arbeitszimmer zurückgezogen.« Sie lächelte versonnen. »Günter mochte nicht viele gute Eigenschaften haben, aber dafür habe ich ihn ein bisschen bewundert. Ich meine, er hat gegen den Widerstand des gesamten Fachbereichs Sven als Assistenten durchgesetzt, trotz dessen Tourette-Syndrom. Das erforderte einiges an Mut.« Sie seufzte. »Ich hätte mir nur gewünscht, Viola wäre auch in den Genuss seiner Förderung gekommen. Aber ihr hat er die Arbeit aufgehalst, die er Sven abgenommen hat.«

»Weißt du, worüber die beiden geredet haben?«

»Ich nehme an, es ging um Svens Habilitation, die kurz vor dem Abschluss stand. Es hat mich nicht sonderlich interessiert. Allerdings ist mir aufgefallen, dass sich Günter sogar mit Tourette beschäftigt hat. Er hat sich mehrere Bücher besorgt und abends manchmal darin gelesen und Notizen gemacht.«

»Kannst du mir die Bücher zeigen?«, fragte ich.

»Ja. Warum?«

»Keine Ahnung«, antwortete ich ehrlich.

Wir gingen durchs Wohnzimmer zu Kaisers Arbeitszimmer. Die Kinder spielten friedlich im Garten und schienen uns vergessen zu haben.

Marie blieb vor einem Regal stehen und runzelte die Stirn. »Sie standen hier.«

»Was heißt: sie standen?«

»Dass sie weg sind.« Sie ging zum Schreibtisch und hob einige Bücher hoch, die dort lagen. »Im Wohnzimmer oder im Schlafzimmer sind sie auch nicht, das wäre mir aufgefallen. Günter muss sie wohl ins Institut mitgenommen haben.«

»Es gibt noch eine andere Möglichkeit«, sagte ich langsam. »Der Einbrecher hat sie geklaut.«

»Er soll Bücher über das Tourette-Syndrom gestohlen haben?« Marie konnte ihre Skepsis nicht verhehlen. »Georg, solche Bücher kann man in jedem Buchhandel oder per Internet bestellen. Die haben keinen Wert.«

»Es sei denn, es stehen zusätzliche Informationen drin. Du sagst, dein Mann habe sich Notizen gemacht. Auch in den Büchern?«

»Ja. Es war eine Angewohnheit von ihm, in den Büchern, die er las, herumzukritzeln.« Sie schaute mich fragend an. »Worauf willst du eigentlich hinaus?«

»Wenn ich das wüsste!« Ich blickte mich um. Das hatte ich im Lauf der letzten Woche schon mindestens drei Mal getan, aber eine alte Detektivweisheit besagt, dass man jedes Mal etwas Neues sieht, wenn man eine neue Erkenntnis hat. Ich bemerkte einen wuchtigen Kassettenrekorder, der ganz oben auf einem Regal thronte. Noch interessanter war das Mikrofon, das daneben stand.

Ich zeigte auf den Kassettenrekorder. »Hat dein Mann Gespräche aufgezeichnet?«

»Du meinst ...«

»Könnte es sein, dass er die Gespräche mit Sven Weichert aufgenommen hat?«

Marie zuckte mit den Schultern. »Das entzieht sich meiner Kenntnis. Aber wozu sollte er? Natürlich hatte

Günter eine Menge Tonaufnahmen. Du weißt ja, dass er sich mit Geheimsprachen beschäftigt hat.«

»Das erklärt nicht das Mikrofon. Oder hat er selbst Interviews geführt?«

»Nein. Er bekam Aufnahmen aus der ganzen Welt. Und falls er eigene Forschungen anstellte, hat er seine Studenten oder Assistenten damit beauftragt.«

»Mal angenommen, er hat die Gespräche mit Weichert ...«

»Dann musst du da suchen!« Marie wies auf einen überdimensionierten Kassettenständer, in dem sich schätzungsweise fünfhundert Kassetten befanden. »Viel Spaß! Damit dürften deine nächsten Wochen ausgefüllt sein.«

»Ein Professor wird seine Aufnahmen doch wohl ordentlich beschriften«, widersprach ich.

»Ich schau mal nach den Kindern«, sagte sie. »Lass dir Zeit!«

Auf den Etiketten standen Abkürzungen und das jeweilige Datum. Vermutlich gab es auch irgendwo einen Katalog, schriftlich oder als Computerdatei. Aber bis ich den gefunden hatte, konnte ich genauso gut die Etiketten durchsehen. Ich versuchte die Abkürzungen zu verstehen und war nach einiger Zeit sicher, dass es eine Systematik gab, nach Ländern und chronologisch. Die Überlegungen erübrigten sich, als ich feststellte, dass etliche Kassetten umgestellt worden waren. Offenbar hatte jemand eine Lücke kaschieren wollen. Anhand der Staubränder auf dem Zwischenbrett entdeckte ich die Reihe, in der einige Kassetten fehlten. Ich räumte die Reihe aus, da sich nach meiner Erfahrung Kassetten manchmal selbstständig machten und hinter ihren Artgenossen versteckten. In diesem Fall war das nicht so. Damit hatte ich nur noch eine Chance. Ich rückte den ganzen Ständer von der Wand. Und tatsächlich – hochkant auf der Fußbodenleiste lag eine Kassette. Ich hob sie auf. Auf dem Etikett stand: *S. W. 30. 5.*

»Ich habe noch einmal darüber nachgedacht. Mir ist nicht wohl dabei. Ich möchte damit aufhören.« – »Sven, es geht hier um die Wissenschaft. Um etwas wirklich Neues, das wir zusammen schaffen können. Ein Buch über die Tourette-Sprache nicht unter psychologischen, sondern unter semantischen Aspekten. Die Psychiater haben keine Ahnung von der Sprache. Wir untersuchen, welche Begriffe und Situationen zu Wortdrehern, Wortschöpfungen und Lautmalereien führen. Das wird ein wegweisendes Werk. Zeitungen und Zeitschriften werden über uns berichten. Man wird uns zu Talkshows einladen.« – »Als was soll ich auftreten? Als Monster? Wie der Elefantenmensch oder die Frau ohne Unterleib … *bleib* … *Weib* … Hören Sie, Herr Professor, ich fühle mich wie ein Versuchskaninchen … *fickende Karnickel* …« – »Sven, Sie wissen, wie viel Sie mir zu verdanken haben?« – »Ja, das weiß ich … *Scheiß drauf* …« – »Das finde ich jetzt nicht besonders dankbar.« – »Und Sie wissen genau, dass ich das nicht kontrollieren kann.« – »Gerade das ist ja das Interessante an der Tourette-Sprache. Möchten Sie mit meiner Frau schlafen, Sven?« – »Ich … Ahaaaahaaaa …«

»Schalt das ab!«, sagte Marie.

Ich schaltete den Rekorder ab und schaute sie an. Ihr standen Tränen in den Augen.

»Offensichtlich hast du dich getäuscht«, sagte ich leise. »Günter Kaiser war in keiner Hinsicht uneigennützig.«

»Dieses Arschloch!«

»Hattest du was mit Sven Weichert?«, fragte ich.

Sie schüttelte den Kopf. »Nein. Er stand auf mich, das habe ich gemerkt. Ich habe ein bisschen mit ihm geflirtet, wenn wir uns auf irgendwelchen langweiligen Feiern getroffen haben. Aber mehr war da nicht.« Sie wischte sich über die Augen. »Was wirst du jetzt tun?«

»Mit Weichert reden.«

XV

Sven Weichert war in seinem Zimmer im Institut. Er ließ das gebundene Manuskript, in dem er gelesen hatte, sinken und musterte mich mit einem widerwilligen Blick seiner strahlend blauen Augen.

»Sie sind ja mindestens so hartnäckig wie Columbo, Wilsberg.«

»Er ist mein Vorbild.« Ich setzte mich. »Besonders gut gefällt mir der Trick mit der Zigarre. Wie er mit der kalten Zigarre herumfuchtelt und so tut, als würde er sie im nächsten Moment anzünden. Das macht die Leute nervös.«

»Sie müssen mich nicht nervös machen, Wilsberg. Das bin ich von ganz allein. Sozusagen genetisch ... *Fetisch ... Fick dich!* ...« Er zuckte. »Entschuldigen Sie!« Sein Gesichtsausdruck stand in krassem Widerspruch zu seinen Worten.

»Keine Ursache.« Ich hielt seinem Blick stand. »Was waren das für Bücher, die Sie in Kaisers offenes Grab geworfen haben?«

»Seit wann interessieren Sie sich für Wissenschaft? Ich dachte, Sie stehen in dunklen Ecken und machen Fotos von kopulierenden Paaren.«

»So wie Sie?«

Er begann mit den Fingern rhythmisch zu trommeln. »Sie stehlen meine Zeit, Wilsberg. Kommen Sie zu Potte oder gehen Sie vor die Hütte! Um es mal umgangssprachlich ausdrücken.«

»Ich nehme an, es waren Bücher über das Tourette-Syndrom.«

Er erstarrte.

»Genauer gesagt die Bücher, die Sie aus Kaisers Arbeitszimmer gestohlen haben. Die schwarz gekleidete Gestalt, die Marie niedergestoßen hat und vor mir geflüchtet ist – das waren Sie. Da ich zu früh auftauchte, konnten Sie das Material nicht mitnehmen, das Sie gesucht haben. Als Ihnen klar wurde, dass weder Marie noch die Polizei die Brisanz der Bücher und Kassetten erkannt hatten, sind Sie ein zweites Mal, diesmal in Maries Abwesenheit, in das Haus eingedrungen und haben alles herausgeholt.«

»Sie fantasieren, Wilsberg.« Er war eiskalt. »Bücher über das Tourette-Syndrom besitze ich selbst. Die muss ich nicht stehlen.«

»Die Bücher und Kassetten hätten bewiesen, dass Kaiser ein Buch über Sie und die Tourette-Sprache schreiben wollte.«

Er lachte laut auf. »Das saugen Sie sich aus Ihren vergilbten Fingern, Meisterdetektiv ... *feister Indikativ* ... Sie haben wohl zu lange Klebstoff geschnüffelt? Kaiser hätte niemals ...«

»Als was soll ich auftreten? Als Monster? Wie der Elefantenmensch oder die Frau ohne Unterleib ...«, zitierte ich.

Er starrte mich ungläubig an.

»Außerdem kann man Kaisers Grab wieder ausheben«, sagte ich lässig. »Dann wird man die Bücher und Kaisers Notizen darin finden.«

Er trommelte wieder. »Und selbst wenn? Na schön, vielleicht wollte Kaiser wirklich ein Buch über Tourette schreiben. Was beweist das?«

»Dass Sie einen Grund hatten, ihn zu töten, weil Sie sich von ihm ausgenutzt fühlten.«

»Das ist lächerlich.«

»Warum haben Sie mir dann die SMS geschickt und dafür Viola Kohlmanns Handy benutzt?«

»Welche SMS?«

»Verpiss dich, Schnüffler!«

Er feixte. »Der Text klingt gut. Aber wieso soll ich das gewesen sein?«

»Viola hatte ihr Handy im Institut vergessen.«

»Und das glauben Sie ihr?«

»Sie haben auch das Foto von Marie und mir im Bett gemacht und es der Polizei zugespielt«, fuhr ich fort. »Damit wollten Sie den Verdacht auf uns lenken, was Ihnen ja auch beinahe gelungen wäre.«

Er zuckte.

»Vielleicht wollten Sie sich auch an Marie rächen. Sie sind doch scharf auf Marie, oder?«

»Ahaahaah … Arschloch!«

»Sie haben geglaubt, Sie könnten ihr Liebhaber werden, nachdem Sie Marie von ihrem Studentinnen vernaschenden Gatten befreit hätten – und schon liegt sie in den Armen eines anderen.«

Er sprang auf, der Stuhl knallte gegen die Wand.

Ich blieb sitzen. »Geben Sie doch zu, dass Sie Kaiser erschossen haben!«

Ich hätte einkalkulieren müssen, dass er zu sehr schnellen Bewegungen fähig war. Mit einem Satz stand er auf dem Schreibtisch, im nächsten Moment flog er mir bereits entgegen. Seine Füße trafen meine Brust, mein Stuhl kippte nach hinten und ich knallte mit dem Hinterkopf auf den Fußboden. Damit war der Kampf auch schon zu Ende. Eigentlich war es gar kein Kampf gewesen, denn ich war nicht einmal dazu gekommen, die Hände zu heben.

Als ich wieder einigermaßen klar denken konnte, beschimpfte ich mich wegen meiner Dummheit. Weichert war entkommen und ich konnte mich glücklich schätzen, dass er mich am Leben gelassen hatte. Hätte ich zuerst Stürzenbecher informiert, wäre das nicht passiert. Der Hauptkommissar würde nicht zögern, mich einen Trottel zu nennen, und es gab kein gutes Argument, das ich ihm entgegenhalten konnte.

Dann kam mir ein noch unerfreulicherer Gedanke. Ich hatte Weichert mit der halb gelogenen Beziehung zwischen Marie und mir provozieren wollen. Das war mir zwar gelungen, aber ein unbeabsichtigter Nebeneffekt konnte sein, dass ich damit den Hass auf das Objekt seiner unglücklichen Liebe gesteigert hatte.

Ich wählte Maries Handynummer. Sie meldete sich.

»Wo bist du?«

»Auf dem Friedhof. Warum?«

»Hat Weichert dich angerufen?«

»Nein. Was ist denn los, Georg?«

»Weichert hat deinen Mann getötet. Er ist geflohen. Mehr kann ich dir im Moment nicht erzählen, weil ich die Polizei anrufen muss. Pass auf: Du bleibst auf dem Friedhof, bis ich bei dir bin. Falls Weichert dich anruft, sag ihm auf keinen Fall, wo er dich finden kann. Klar?«

»Was bedeutet das, Georg?«

»Später, Marie, später! Ich bin in etwa fünfzehn Minuten da.«

Ich drückte sie weg und ließ mich von der Polizeizentrale mit Stürzenbecher verbinden. In dürren Worten berichtete ich ihm das Nötigste. Als er anfing, mich anzuschreien, beendete ich die Verbindung.

Mein Kopf tat höllisch weh und ich musste ein paarmal

tief durchatmen, bevor ich mich hinter das Lenkrad setzen konnte. In fünf Minuten schaffte ich es bis zu einem Behindertenparkplatz vor dem Zentralfriedhof. Weitere drei Minuten brauchte ich, um das Grab von Kaiser zu erreichen.

Marie hatte die Arme vor der Brust verschränkt. »Willst du mir endlich erklären, was das soll?«

»Ich habe einen Fehler gemacht«, sagte ich atemlos. Sprints gehörten schon lange nicht mehr zu meinem Trainingsprogramm. »Eigentlich sogar zwei oder drei. Ich habe Weichert von uns erzählt.«

»Was?«

»Ich wollte ihn aus der Reserve locken. Das ist mir auch geglückt. Aber ...«, ich holte Luft, »... er hat mich zu Boden geschickt und ist abgehauen. Ich fürchte jetzt, er könnte sich an dir rächen wollen.«

»Na toll«, maulte Marie. »Und was ist dein Plan? Sollen wir den Tag auf dem Friedhof verbringen?«

»Nein. Ich bringe dich nach Hause und da bleiben wir, bis die Polizei ihn, hoffentlich bald, geschnappt hat.«

Irgendwo hinter meinem Rücken stieß jemand gutturale Laute aus, die mir allzu bekannt vorkamen. Außerdem hörte ich ein Klacken, das verdächtig nach dem Laden eines Gewehres klang. Ohne lange zu überlegen, packte ich Marie und warf mich mit ihr auf das nebenan gelegene Grab. Im Gegensatz zu dem von Kaiser besaß es einen etwa meterhohen Granitsteinblock.

Marie schrie auf, gleichzeitig knallte es kurz hintereinander nah und fern. Nah, weil eine Kugel gegen den Grabstein prallte, fern, weil der Schuss aus einiger Entfernung abgefeuert wurde.

Ich verfluchte mich erneut. Entweder war mir Weichert

gefolgt oder er hatte von Maries Mutter deren Aufenthaltsort erfahren. Wann fing ich endlich an, meinen Kopf zu gebrauchen?

»Du hast mir wehgetan«, keuchte Marie. Aus ihrer Nase tropfte Blut.

»Sei froh! Wenn du tot bist, spürst du gar nichts mehr.«

Ich linste um die Ecke des Grabsteins. Sven Weichert lag bäuchlings auf dem Dach der Gedenkstätte für Schwester Euthymia. Ich sah, wie das Mündungsfeuer aufblitzte, und zuckte zurück. Eine Kugel entfernte sich als surrender Querschläger.

»Scheiße!« Marie wischte sich mit dem Handrücken das Blut von der Nase und richtete sich auf.

Ich drückte sie wieder auf den Boden. »Bleib liegen!«, herrschte ich sie an. Offenbar stand sie unter Schock und begriff nicht, was gerade geschah.

Sie schaute mich mit großen Augen an.

»Er will uns beide erledigen«, flüsterte ich. »Solange er da oben auf dem Dach liegt und wir hinter dem Stein, besteht eine Chance, am Leben zu bleiben. Also rühr dich nicht vom Fleck!«

Sie nickte nur.

Ich tastete meine Jacke ab. Wo war nur mein verdammtes Handy? Dann sah ich es. Es war mir aus der Tasche gefallen und lag fünfzig Zentimeter entfernt neben dem Grabstein. Ich streckte probeweise die Hand aus. Sofort bohrte sich eine Kugel ins Erdreich.

Ich drehte mich zu Marie um. »Wo ist dein Handy?«

»In meiner Handtasche.« Sie zeigte auf eine kleine schwarze Tasche, die auf Kaisers Grab lag.

Es war zum Verzweifeln. Ich schaute mich nach einem Gegenstand um, den ich als Werkzeug verwenden konnte. Bei unserem Sprung hatten wir einen Kranz verschoben, der jetzt halb vom Grabstein verdeckt wurde. Das Blumengebinde war mit einem Draht befestigt. Ich riss den Draht heraus und formte aus dem oberen Ende eine Schlinge.

Dann krabbelte ich zu Marie zurück und brachte meinen Mund in die Nähe ihres Ohres: »Du könntest mir helfen. Rede mit Sven! Versuch, ihn abzulenken! Glaubst du, du schaffst das?«

»Ich weiß nicht.«

»Versuch's!«

»Ich ... ich muss dir was sagen.«

»Jetzt nicht!«

»Ich habe einmal mit ihm geschlafen.«

Ich schnaufte. »Darüber solltest du vielleicht nicht mit ihm reden. Frag ihn, warum er das tut! Sag ihm, dass das keinen Sinn hat, dass er alles nur noch schlimmer macht! Irgendwas in der Art. Je kitschiger, desto besser.«

»Sven!«, rief Marie. »Warum tust du das?«

Ein tourettescher Ausbruch, der in Flüchen endete.

»Red ihn weiter mit seinem Namen an!«, flüsterte ich, während ich die Schlinge über den Boden schob und in Position brachte.

»Das hat doch keinen Sinn, Sven. Du machst alles nur noch schlimmer.«

»Schlimmer geht's nimmer«, kam es vom Dach zurück.

»Wir können über alles reden, Sven.«

»Sag ihm bloß nicht, dass er herunterkommen soll!«, flüsterte ich. Die Schlinge hatte das Handy erfasst, ich zog es langsam zum Grabstein.

»Es ist noch nicht zu spät!«, rief Marie.

Zum Glück war Weichert mit seinem Tourette beschäftigt. »Zu spät, zu spät, wenn die Pfeif im Grabe stäht«, schallte es von Euthymias Dach.

Mit einem Ruck überbrückte ich die restliche Distanz. Eine Kugel fetzte die lederne Schutzhülle vom Handy. Ich drückte die Menütaste. Es funktionierte.

»Red weiter mit ihm!«, sagte ich zu Marie. »Jetzt nicht aufhören!«

»Bist du noch da?«, rief Marie. Unter den gegebenen Umständen war es verständlich, dass ihr keine sinnvollen Fragen einfielen.

Diesmal wählte ich Stürzenbecher Handynummer, die ich in einem Anfall von Eingebung gespeichert hatte.

Nach den Geräuschen zu urteilen, saß er in einem Auto. »Was gibt's denn jetzt schon wieder?«

»Weichert schießt auf uns«, sagte ich. »Auf Frau Kaiser und mich.«

Wie zur Bestätigung zischte eine Kugel über unsere Köpfe hinweg.

»Hör doch auf mit dem Unsinn!«, rief Marie.

»Sinn oder Unsinn, das ist hier die Frage«, kam es zurück.

»Was ist das für eine verdammte Scheiße?«, fragte Stürzenbecher. »Wo seid ihr überhaupt?«

»Auf dem Zentralfriedhof, neben dem Grab von Kaiser. Weichert liegt fünf Meter über dem Kopf von Schwester Euthymia.«

»Auch das noch«, stöhnte der Hauptkommissar. »Da kommen wir nicht an ihn ran. Ich muss gepanzerte Wagen und Scharfschützen anfordern.«

»Wie du das machst, ist mir egal. Hauptsache, du beeilst dich. Ich möchte lebend von den Toten wegkommen.«

Ein einzelnes Martinshorn ertönte. Wahrscheinlich hatten Anwohner oder Friedhofsgärtner ebenfalls die Polizei verständigt. Ich beobachtete, wie ein grün-weißer Wagen über den Hauptweg des Friedhofs rollte.

Die Verbindung zu Stürzenbecher stand noch. Ich hörte, wie der Hauptkommissar Anweisungen erteilte.

»Bist du noch dran?«, fragte ich.

»Was sonst, Wilsberg?«

»Hier ist gerade ein Streifenwagen eingetroffen. Sag deinen Jungs, dass sie besser außerhalb der Schussweite bleiben. Weichert hat ein Gewehr mit Zielfernrohr.«

»Verdammte Kacke!«, brüllte Stürzenbecher. Er rief nach der Zentrale. »Ich leg das Handy jetzt zur Seite«, sagte er zu mir. »Aber bleib in der Leitung! Und kein Risiko, verstanden? Sorg dafür, dass die Kaiser den Abend erlebt! Du natürlich auch.«

»Danke«, sagte ich. »Ich hatte nichts anderes vor.«

Das Polizeiauto wurde durch eine Kugel gestoppt. Die Beamten sprangen heraus und gingen hinter ihrem Wagen in Deckung. Sie zogen ihre Waffen und feuerten blindlings in Weicherts Richtung. Die Chance, dass sie ihn trafen, war zwar minimal, etwas Gutes hatte die Aktion trotzdem: Weichert war abgelenkt.

Ich nahm Marie in den Arm und gab ihr einen Kuss auf die Wange. »Ich glaube, wir haben das Gröbste überstanden.«

»Wenn du mir nicht gesagt hättest, dass ich auf dem Friedhof warten soll …«

»Noch ein Fehler von mir.« Ich drückte ihre Hand. »Irgendwie ist das heute nicht mein Tag. Aber ich finde, wir sollten auch das Positive sehen: Wir leben noch.«

Sie blies mir ins Gesicht.

Polizeisirenen näherten sich aus allen Richtungen. Warum Weichert auf dem Dach der Gedenkstätte ausharrte und nicht versuchte zu fliehen, war mir ein Rätsel.

Bald darauf dröhnte Stürzenbechers Stimme aus einem Lautsprecher: »Geben Sie auf, Weichert! Der Friedhof ist umstellt. Ihre Lage ist aussichtslos.«

»Sie irren sich!«, schrie Weichert zurück. »Von hier oben ist die Aussicht wunderbar.« Er gab einen Schuss ab. Ein rotierendes Blaulicht zersprang in tausend Teile.

»Werfen Sie Ihr Gewehr weg!«, forderte ihn Stürzenbecher ruhig auf. »Wir möchten vermeiden, dass jemand verletzt oder getötet wird.«

»Schießt doch!«, lachte Weichert und feuerte erneut.

»Werden sie ihn erschießen?«, fragte Marie.

»Wenn er sich nicht ergibt, wird ihnen wohl nichts anderes übrig bleiben.«

»Das ist doch Wahnsinn«, flüsterte sie.

Rechts von uns bewegte sich etwas. Ich sah, dass zwei Männer in schwarzen Overalls, kugelsicheren Westen und martialischen Masken über den Boden robbten. Die Männer hatten Scharfschützengewehre umgeschnallt.

Ich schaute nach links. Dort krochen ebenfalls zwei Schwarzgekleidete über die Gräber. Die Spezialisten eines Sondereinsatzkommandos gingen in Stellung.

»Seien Sie doch vernünftig, Weichert!«, befahl Stürzenbecher. »Ich fordere Sie zum letzten Mal auf, Ihr Gewehr wegzuwerfen und mit erhobenen Händen aufzustehen. Ansonsten sind wir gezwungen, Gewalt anzuwenden.«

Weichert lachte und schoss.

Die SEKler hatten ihre Gewehrläufe auf Grabsteine gelegt und das Dach der Gedenkstätte ins Visier genommen. Kurz hintereinander fielen mehrere Schüsse.

Weichert sackte zusammen und blieb regungslos liegen. Ein paar Minuten später wurde er herunter gezogen und zu einem Krankenwagen geschleppt.

»Es ist vorbei«, sagte ich zu Marie.

Ich half ihr auf die Beine. Sie hatte sich hervorragend gehalten, aber als sie stand, kippte sie um. Polizisten halfen mir, sie zu einem zweiten Krankenwagen zu bringen. Ich wollte sie in die Klinik begleiten, doch Stürzenbecher hielt mich auf.

»Du kommst mit mir ins Präsidium«, sagte er. »Ich habe eine Menge Fragen. Wenn du sie zu meiner Zufriedenheit beantwortest, können wir darüber reden, ob du heute Abend nach Hause darfst.«

XVI

Dass sich Oliver Kahn seinen gröbsten Patzer für das Endspiel und einen eher harmlosen Schuss von Rivaldo aufgespart hatte, war natürlich bitter. In allen anderen Spielen der Weltmeisterschaft hatte Kahn den Ball mit der Mütze gefangen, ausgerechnet jetzt ließ er ihn vor die Füße des hasenzahnigen Ronaldo abklatschen. Damit war der deutsche Vizeweltmeistertitel besiegelt, bei so vielen Leverkusenern im Team eigentlich ein logisches Ergebnis. Und trotzdem mehr, als bei gesundem Fußballverstand vier Wochen zuvor zu erwarten gewesen war. Frankreich, Spanien, Portugal, Argentinien und Italien waren über die eigene Unfähigkeit und blinde oder korrupte Schiedsrichter gestolpert – unsere Jungs hatten mit Glück und Kampfeswillen das Optimale herausgeholt. Das sah ich genauso wie die vagabundierenden Fans, die schon wieder ihre »Es gibt nur einen Rudi Völler«-Gesänge anstimmten. Ein paar brasilianische Fahnen wurden auch geschwenkt, wie ich durch mein Bürofenster sah. Deutsche und Brasilianer feierten gemeinsam – manchmal konnte Fußball tatsächlich ein friedlicher Sport sein.

Es klingelte an der Tür und ich ließ Franka herein.

Sie schaute sich überrascht um. »He, du hast ja geputzt.«

»Ja, ich konnte den Dreck nicht mehr sehen.«

Am Samstag hatte ich mich aus meiner Lethargie gerissen und eine Großreinemach-Aktion gestartet. Da waren drei Tage seit der Schießerei auf dem Zentralfriedhof vergangen. Sven Weichert hatte bis dahin überlebt und die

Ärzte redeten von steigenden Aussichten, dass er es auch in nächster Zukunft tun würde. Er hatte schwere innere Verletzungen, lag auf der Intensivstation und war noch nicht wieder zu Bewusstsein gekommen, aber sein kräftiger und ansonsten gesunder Körper sträubte sich gegen das Ableben.

Inzwischen, nachdem ich mehrere Tage darüber nachgedacht hatte, nahm ich an, dass das nicht seinem eigentlichen Wunsch entsprach. Ich war davon überzeugt, dass er es darauf angelegt hatte, auf dem Friedhof erschossen zu werden. Er hätte rechtzeitig fliehen können, wenn er gewollt hätte, und vermutlich hätte er auch Marie und mich oder zumindest einen von uns beiden treffen können, wenn er es wirklich beabsichtigt hätte. Mit der Show auf dem Friedhof hatte Weichert bewusst oder unbewusst seinen Selbstmord inszenieren wollen.

Aber ich behielt diesen Gedanken für mich. Marie sollte ruhig weiterhin glauben, dass ich ihr Leben gerettet hatte. Nahm man die Ereignisse des besagten Tages zusammen, war mein Heldenimage ohnehin angekratzt.

Hauptkommissar Stürzenbecher war an solchen Überlegungen sowieso nicht interessiert. Er war damit beschäftigt, Weichert den Mord an Professor Kaiser nachzuweisen. Die Indizien, die dafür sprachen, waren erdrückend. So stammte die Kugel, die Kaiser getötet hatte, aus dem Gewehr, mit dem Weichert auf dem Zentralfriedhof herumgeballert hatte. Ebenso hatte sich herausgestellt, dass Weichert während eines neun Monate zurückliegenden USA-Aufenthalts an einem Schießtraining teilgenommen hatte. Dort, in den USA, hatte er auch das Gewehr erworben. Auf welchem Weg die Waffe nach Deutschland gekommen war, konnte zwar noch nicht geklärt werden, doch vermutlich hatte Weichert sie auf dem Wasser transportieren lassen, da Schiffe weitaus weniger kontrolliert wurden als Flugzeuge.

Und zur Frage des Mordmotivs konnte ich Erhellendes beitragen. Nicht zuletzt dadurch war es mir gelungen, den Hauptkommissar einigermaßen zu besänftigen. Nachdem er mich pflichtschuldig zusammengestaucht hatte, ließ er mich gehen.

Noch am selben Abend fuhr ich zu dem Krankenhaus, in das Marie eingeliefert worden war. Sie war bereits wieder ziemlich munter. Der Schock und die Kreislaufschwäche waren weitgehend überwunden, am nächsten Morgen, hatten die Ärzte versprochen, würde sie nach Hause zurückkehren dürfen.

Allerdings konnten wir kaum miteinander reden. Zuerst wollte mich Maries Mutter gar nicht ins Zimmer lassen. Erst nach Maries Intervention wurde mir großzügig ein Kurzbesuch gestattet. Da mich die alte Dame jedoch weiterhin feindselig beobachtete, legte ich mir mehr Zurückhaltung auf, als mir lieb war. Nach einer halben Stunde trat ich den Rückzug an und hoffte auf bessere Zeiten.

»Und Marie?«, fragte Franka.

»Ihr geht's ganz gut. Sie ist mit ihren Eltern und ihren Kindern für ein paar Wochen an die Nordsee gefahren, zur Erholung und um auf andere Gedanken zu kommen.«

»Das meinte ich eigentlich nicht«, sagte Franka.

»Ich weiß es nicht«, antwortete ich ehrlich.

»Du magst sie wirklich, nicht wahr?«

»Ja. Aber auf das, was ich will, kommt es nur zur Hälfte an.«

Franka lächelte. »Übrigens hat die Zeitung dein Fotohonorar überwiesen. Ich verzichte auf meine Gebühren, wenn du mich zum Essen einlädst.«

»Jetzt sofort?«

»Jetzt sofort.« Sie schaute mich mit gespielter Enttäuschung an. »Ich weiß, ich bin nur ein schwacher Ersatz ...«

»So ein Quatsch«, widersprach ich. »Frauen kommen und gehen. Aber du bist die einzige Konstante in meinem Leben.«